ダンジョンはコボルトから始めよ
配送センターのエリート職員
ELITE PERSONNEL
イルマタル・
ヤルヴェンパー
新米ダンジョンマスター
DUNGEON MASTER
深山 夏雄
コボルトチーム
KOBOLD TEAM

ダンジョンへの来訪者
DUNGEON VISITOR
ミーティア
コボルト・シャーマン
KOBOLD SHAMAN
和装のエルフ侍
ELF SAMURAI
エラノール

異界の侵略存在
ARMY OF PAINS
苦痛軍
「オオォオォオォオォオオッ！」
「クソ喰らえ」

決戦世界の
ダンジョンマスター

鋼我

ぶんか社

CONTENTS

一話　ダンジョンマスター、楽じゃない

俺は大きく息を吸い込んで、叫んだ。

「コボルトチーム！」

「ワオンッ！！！」

俺の周りにいるコボルトたちが、応と吠える。少年ほどの背丈の、直立した犬。手の形は人と同じ。地球にはいない、物語の世界の怪物。それが俺の配下で、家族。

俺のダンジョンは一本道しかない。幅も広くなく、俺の左右に一匹ずつ控えるのが精一杯。侵入者を迎え撃つには心もとないが、しょうがない。

ギャウギャウと、目の前の闇から声が聞こえる。いよいよだ。足に震えが走る。腹に力を込める。大きく息を吸い込む。左右のコボルトが、手に持った石を振りかぶる。俺も続く。

そして再度、吠える。

「ファイヤーーーーー！」

「ワンッ！」

石三つ。速度の違いはあれど前方向けて投げ込まれる。暗闇の中、白黒の視界の先にいる敵めがけて。下卑た笑い声を上げながら侵入してきたのは、コボルトと同じぐらいの背丈の存在。無毛の体に腰ミノ一つ。手には棍棒、短い槍、錆びた短剣など。最大の特徴は欲望に濁った瞳と、腐った

性根。ファンタジーの定番モンスター、ゴブリン。

それらにこつり、と石が当たる。コボルトたちの投石は、正直弱い。当たっても、痛いで済んでしまう程度。実際、コボルトのそれが当たったゴブリンは若干怯(ひる)んだだけだった。

しかし、俺の投げたそれは格が違う。

「ゲバッ!?」

顔面に直撃し、ゴブリンの頭が砕け散った。我ながら、信じられない威力。野球の経験は学生時代の授業のみ。少年野球チームすら入ったことがないのに、この精度。ろくに練習していないのに、狙ったところにピタリと入った。なんとも言えないものが脳裏をよぎったが、今は戦闘中。集中する。

後ろに控えたコボルトから新しい石をもらって、再び投石。別のゴブリンの頭も爆散する。侵入してきたゴブリンは多い。投石の連打でひるんでくれればいいのだが、望み通りにはいかないらしい。倒れたゴブリンを踏み越えて、ギャウギャウわめきながら次が進んでくる。

仲間に犠牲が出ているのに、歩みを止めないゴブリン。これは連中が勇敢だから、ではない。死んだ奴(やつ)はバカだから。俺は馬鹿(ばか)じゃないから死なないとなんの根拠もなく信じているから、らしい。度し難い。

対するコボルトは、腰が引けている。くぅんくぅんと泣きが入っている。今にも逃げ出しそうなありさまだ。此方(こちら)には一匹たりとも犠牲が出ていないのに。

多くの創作物でそうであるように、この世界のゴブリンもまた弱いモンスターと言われている。

しかし、それを差し置いてコボルトは最弱のモンスターとされている。

両者の違いは何か。先ほども挙げた通り、ゴブリンの体格はコボルトたちとほぼ同じ。武装については、こっちは石とシャベルとつるはし。防具なし。相手は剣に槍。盾持ちもいるし、鎧らしきものを身に着けたものまで。

しかし正直、それほど装備に差があるわけではない。そもそも両者共に達人というわけではない。武器を振り上げて叩き付けるが関の山なのだ。

最大の違いは、気質にある。コボルトは、群れを大事にする。仲間が倒れたら悲しむ。怖いモノからは逃げる。勝てないモノとは戦わない。

ゴブリンの気質については、先ほどの通り。それに加えて欲望を自制できない。欲しいものには手を出す。その結果どんなことが待ち受けているか考えもしない。

賢いが故に、戦いを避けるコボルト。愚かであるが故に、暴力を躊躇わないゴブリン。

故に悲しいかな、モンスター最弱はコボルトとなる。群れていても一匹二匹倒れるだけで戦意喪失してしまう。

なので、なんとしてもコボルトに犠牲が出ないように戦うしかない。何より、かわいいこいつらを犠牲にするなんてとんでもない！

「一時後退！」

「ワンッ！」

ゴブリンとの距離が狭まってきたところで、戦線を下げる。全力で走る。頑張って整えたとはいえ、天然の洞窟だ。石が転がっているし、凸凹もある。足を取られないように走るのは神経を使った。コボルトの一匹が転ぶも、四足歩行に切り替えてそのまま走った。正直驚く。そんなことできるなんて知らなかった。

「ギャッギャ、ゲギャー！」

俺たちの後退を見て、ゴブリンたちが笑う。足を速めて、何匹かがすっころび後続のゴブリンに踏まれた。実によい。ほどなくして、第二防衛線と定めた場所に近づく。積み上げた石のバリケードと、コボルトたちが見えた。

「お早く！　お早くー！」

ローブを着たコボルトが、手に持ったスタッフを振りつつせかしてくる。言われなくてもわかってる！

「わんっ！」

走りながら、犬のように吠える。事前に決めた合図だ。バリケードのコボルトが頷き、手元にあったロープを引っ張った。きわめて単純な罠だ。俺たちが通り抜けた通路に、ぴんとロープが張られる。ゴブリンの足の位置だ。そこへ向けて、俺たちを追いかける勢いのままに突っ込めばどうなるか。

「ギャギャー!?」

先頭のゴブリンが転ぶ。後続も転ぶ。次々と転ぶ。その間に前線組はバリケード内に入り込む。できればこの機に反撃したいところだったが、ダメだった。

「ぜーっ、ぜーっ、ゴホッ！　ぜーっ」

そのつもりだったのだが、息が切れた。ちくしょう、強化じゃあ運動不足はどうにもならなかったか。バリケード組のコボルトたちが石を投げるが、大したダメージになっていない。団子になっていたゴブリンたちも、ぎゃいぎゃいわめきながらも立ち上がる。

後続のゴブリンたちも追いついて、戦列もどきを整えていく。互いに武器をぶつけない程度の距離を空ける、程度の配慮をする知恵があるらしい。同士討ちすればいいのに。

俺の息が整う頃には、バリケードの寸前まで迫っていた。

「ギャーッギャー！」

「怯むな！　突け、突けー！」

「わんっ！　わんっ！」

臭い唾（つば）を吐き散らしながら、ゴブリンたちがやたらに武器を突き込んでくる。させまいと、ローブのコボルトの号令で同族たちがシャベルを突き返す。程度の低い攻防と、関係のない傍観者は笑うだろう。だが、俺を含め皆必死だ。

いかにバリケードがあるとはいえ、何度も繰り返せば怪我人（けがにん）も出る。刺され、斬られたコボルトは下がらせ、新しい者を戦列に加える。こっちだってコボルトは三十四。交代要員はまだまだいる。ただし、士気は目に見えて下がっていくが。鼻をぴすぴす鳴らして後列と交代する同族を見て、耳を倒すコボルトがちらほらと。

「ゴァァァァァァァ！」

それに加えて、これである。のしりのしりと闇の中から現れたのは、人の大人と同じ体格のゴブリン。所謂ホブゴブリンという奴。背丈が違う。筋肉が違う。握りしめた棍棒を一振りし、逃げ腰だったゴブリンを見せしめに殴殺する。

こいつらのボスに違いない。倒せばあちらの士気は瓦解するだろう。俺が全力で戦えば、負けることはない、と思うが。

「……おっかねぇ」

怖い。今までの攻防でもなけなしの勇気を振り絞っていたが、さすがにこの純然たる殺意には怖気付く。これまで暴力とはほぼ無縁の人生を送ってきたのだ。そんな環境で育った人間が、いきなり殺し合いなどできるはずもない。もしできる奴がいるならば、そいつは生まれつきの異常者か、何かしらの洗脳を受けたに違いない。残念ながら、俺はそのどちらでもない。

だが、それでも、やるしかない。

「くぅーん……」

今の一吠えで、コボルトたちの戦意が折れた。戦線が崩壊する。蹂躙される。こいつらが殺される。それはさせない。断じてさせない。今はこいつらが、こいつらだけが、俺の家族！

「ら、あああああっ！」

勇気などない。恐怖は足を震わせる。それでも自分用のシャベルを振りかぶり、ホブゴブリンの頭に全力で叩き付ける！

甲高い金属音が響いた。手がしびれる。防がれた。両手で握りしめた棍棒で、ホブゴブリンが防いだ。ゴブリンのくせに！

「ゴァァッ！」

「ひぃっ！」

　ぶん回された棍棒を、飛び跳ねて避ける。たたらを踏む。ホブゴブリンが追撃してくる。風を切って振り回される棍棒。無様に、全身から冷や汗流しながら逃げ回る。周囲のゴブリンたちが俺に武器を向けてくる。逃げる。避ける。ホブゴブリンの棍棒がフレンドリーファイア。ゴブリンをぶっ飛ばす。ヨシ！　と油断したところに、棍棒が左腕をかすめた。

「痛ぅ!?」

　皮膚が破れて血がにじむ。致命傷どころか重傷ですらないが、痛みが集中を途切れさせる。雑に振り回されたゴブリンの槍が、俺の足を打つ。もつれて、転ぶ。シャベルが手から離れる。まずい。

「ゲギャーッギャッギャ！」

　ホブゴブリンが笑う。そのまま、踏みつけてくる。芋虫のように転がって必死で避ける。ゴブリンも笑う。コボルトが鳴く。目が回る。ああ、ああ！

「ワォーーーーーーーーーーオオオオン……」

　そんな極地に、はっきりと遠吠えが聞こえた。合図だ。反撃だ！

「スライム・クリーナーズぅぅぅ！」

　転がりながら、最後の力を振り絞って声を張り上げる。べちゃり、と音を立てて天井から緑色のスライムたちが落ちてきた。この時のために控えさせていた戦力その一。全部で三体。それぞれ、子供用プールぐらいの体積を持つそれらがゴブリンの足元にへばりつく。

「ギャギャギャ!?」

　ゴブリンたちが慌てふためく。引きはがすべく、武器で突いたり叩いたりと抵抗するがスライムは物理的攻撃に耐性がある。火や魔法でも持ち出さない限り簡単にはやられない。

　バリケードまで転がって、なんとか安全を確保する。眩暈（めまい）で吐き気がする。下すべき命令はあと二つ。

「シルーーーーーーフッ！」

　我がダンジョンの最大戦力を参戦させる。風の精霊。誰もがイメージする、妖精のような外見の乙女が、目の前に現れる。控えさせていた戦力その二だ。

　風が吹く。渦を巻く。ゴブリンたちの周囲限定で、つむじ風が吹き荒れる。

　最後の一手。

「コボルトチーム！」

「ワ、ワオンッ！！！」

　逃げ腰だったが、逃げてはいない。それで十分。

「ファイヤーーーーーー！」

　開戦と同じ号令。ただし、今度投げるのは石ではない。砂だ。風に舞うほどの、砂。バリケードの裏に貯めこんでおいたそれを、コボルトたちがつむじ風へどんどん投げ込んでいく。するとどうなるか。

「ギャーーー!?　ギャッギャ!?」

ゴブリンたちが両手で顔を隠す。目、鼻、口。どこに入っても激痛必至。むき出しの肌を砂が傷つける。咄嗟に体を守るために手を動かせば、今度は顔が犠牲になる。逃げ出したくても、足元のスライムが邪魔をする。スライムをはがそうとすれば、またダメージ。

砂嵐に、擦り下ろされる。ホブゴブリンとて例外ではない。結局ダメージを最低限に抑えるには、体を丸めて耐えるしかないというこの地獄。

シルフは強い。単体ならホブゴブリンをやすやす倒す。だがこの数を相手取ることはできない。体力魔力共に底をつく。

この数のゴブリンたちを、ダンジョン内で倒す。そのために、すべてのゴブリンをダンジョンの奥まで誘い込む必要があった。十分な砂を貯め込んだ、バリケードまで。

砂嵐作戦、大成功である。

眩暈が治まる。コボルトからつるはしを受け取って、立ち上がる。正直体中が痛い。だが死ぬほどではないし、最後の仕上げが残っている。

「シルフ」

声をかけ、風を止めさせる。一歩歩くごとに、靴底が砂を踏んで嫌な音を立てる。疲れていた。心も限界だった。だから、早く終わらせることで頭がいっぱいだった。

なのでうずくまったホブゴブリンの頭につるはしを振り下ろすことも、特に抵抗感を覚えることなく実行できた。

「ギッ」

致命的命中。脳に穴を開けられては、生きてはいられない。引っこ抜く。数歩歩いて、別のゴブリンに振り下ろす。ちょっと狙いがずれて、首に入った。まあ、よし。

「……コボルト。止めを手伝え」

何が起きているか気付き始めたゴブリンたちがわめき始める。だが、砂嵐のダメージと足元のスライムで動きが取れない。

戦闘は終わった。あとは後始末だけ。シャベル、つるはし、石、ゴブリンから奪った武器。手に凶器を持って、コボルトたちが進む。

俺もまた、次を始末する。数が多い。そして、手を抜けばやられるのは此方。慈悲をかけられるほど俺たちは強くない。

ともあれ、このようにして我がダンジョン最初の防衛戦は終わったのだった。

「お疲れ様でした、主様」

「……ああ」

後始末を始めていたところ、背後より声をかけられた。ローブのコボルト。コボルト・シャーマン。コボルトたちのリーダー的存在であり、俺のほかに唯一このダンジョンで会話ができる相手だ。

「なんとか、目論見は達成できましたな」

「できたは、できた。だが、ギリギリだ」

怪我人多数。余力ほぼなし。コボルト・シャーマンの術は戦闘向けではないし、現状もう一度同じ戦力が突っ込んできたら打つ手がない。

「弱いなあ、俺ら」

「主はまだ始めたばかり。何事も初めはそのようなものです」

「シャーマンは含蓄深いことを言う」

はあ、とため息をつく。ゴブリンたちの死体は大体消えた。ダンジョンが食った、らしい。血や肉片、盛大にまき散らした砂などはスライムたちが這いずって体に取り込んでいる。しばらくすれば奇麗になるだろう。ダンジョンの掃除屋の名の通りだ。

コボルトたちは戦利品を運んでいる。粗末な武器防具ばかりだが、物不足の我がダンジョンでは貴重な戦略物資だ。少量ながら雑貨もあったらしく、鍋らしきものを嬉しそうに掲げて歩くコボルトもいた。

落ちていたシャベルを拾い上げ、杖のように地面を突いた。全身にまとわりつく疲労に押されるように、うめく。

「ダンジョンマスター、楽じゃない」

なんでこんなことになったのか。現実逃避するように、始まりの日を振り返った。

／＊／

気が付けば、石の椅子（いす）に座っていた。冷たく、硬く、実用性まるでなし。背もたれも肘掛けもあるが、何せ石だから豪華ともいえない。目の前に広がるのは白黒の世界。真正面に、先の見えない通路が延びている。そちらはもちろん、自分を見ても色がない。なんだこれ、どうなっている。

そもそも、俺はどうしてここにいる。俺は誰だ。俺は……。

「俺は、ナツオ。深山（ミヤマ）、夏雄（ナツオ）」

　二十五歳。日本人男性。身長百六十五センチ。体重たぶん六十キロ。ホームセンター勤務。未婚。家族は……。

「……なんで、思い出せない？」

　記憶が、虫食いのようになっていることを自覚する。自分のことは、大体思い出せる。趣味、学んだこと、好きなこと嫌いなこと。家族や友人、知人といったものを思い出そうとすると、壁に塞（ふさ）がれるように記憶が引き出せない。まともじゃない。

「おい、誰かいないか！　俺に何をした！」

　声が響く。部屋の中にいる。こんな部屋は知らない。そもそもこの白黒はなんだ。まるで暗視カメラを覗（のぞ）いているかのようだ。俺はいつの間に赤外線で物が見えるようになったんだ。サイボーグ手術なんて受けてないし、そんな技術は物語の中だけだ、たぶん。

　唐突に、白黒が強まった。……これは、あれか。光だ。あくまでゲーム知識だが、暗視スコープを明るいところで使った時に似た感じ。

　目を閉じて、開いた。世界が一変した。暗いが、色がついた。部屋の中は暗いが、薄く赤い光が

椅子の後ろから広がっていた。

何事かと立ち上がり振り返ってみる。そこにあったのは、一抱えもある赤い巨石だった。壁に半分ほど埋め込まれたそれが、赤く輝き部屋を照らしていた。……宝石のようにも見えるが、もしそうであれば一体どれだけの値段が付くのやら。

俺は、その巨石から目が離せなくなった。異様であることは間違いない。ほのかに赤い輝きを放つとか、まともじゃない。電球やＬＥＤが仕込んであるようにも見えないし。

しかし、何より。はっきりと感じたのは、巨石との繋がりだ。自分の中心、根っこの部分がこの怪しい石と繋がっていると理解できてしまう。

「……なんだこれ」

俺は超能力者などではなかった（はずだ）。超感覚など持ち合わせていなかった。なのにこの異様な感覚を、力を感じ取っている。

今わかっていることをまとめよう。全身に行き渡る、力。さっきの暗視の力もその一端だろう。わからない石からパワーを受ける改造人間にされた。何処ともわからぬ場所に拉致されて。記憶をいじられ。よく

「昭和の特撮じゃあるまいし」

乾いた笑いがこみ上げる。笑うしかない。訳がわからない。誰か説明してくれ。しばらく、石の椅子に座って頭を抱える。現実を否定してみる。これは夢なんだと思ったりしてみる。……しかし椅子の冷たさと硬さは変わらない。記憶も戻ったりしない。

「うぁぁぁぁぁぁぁぁぁぁぁ！」

苛立ちに任せて、吠えてみた。洞窟の、はるか先まで木霊していった。自宅でやったらご近所迷惑だ。自宅のこと思い出せないけど。

しばらく、うじうじとしてみた。そして諦めた。受け入れるしかない。そうしないと何も始まらない。変化を、改善を求めるなら自ら動くしかない。現状に納得できないからこそ、余計にそうするしかない。

あらためて、巨石を見る。これが俺の変化に係っているのは間違いないのだ。

「……ん？」

先ほどは気付かなかったが、巨石の下には石の台座があった。その上にはアルバムか辞典のように分厚い本が二冊、その真ん中に小箱が一つ。奇麗に並べられていた。

いかにも、という感じである。ゲームで言うならチュートリアルへの動線といったところか。自分の中のひねくれた部分がこれを無視しようかという考えで現れるが、頭を振って改める。

これは現実だ。ゲームではない。俺をこんなところに放り込んだ誰かの思惑に乗るのは危険とも思うが、今は必要以上のリスクを負うことはできない。

本の表紙を見る。右の本は『ダンジョンカタログ』、左の本には『モンスターカタログ』と、書かれていた。知らない文字で。少なくとも英語でも中国語でも韓国語でもない。なのに読めるというのが、ひどく気味が悪かった。

とりあえず、ダンジョンカタログを台に載せたまま開いてみる。

光った。

「うおう⁉」

びびった。びびってから気付いたが、それほど強い光ではなかった。巨石の光が弱く、その差があって本の光が強く見えたようだ。あとまあ、自分が思っていた以上に緊張していたようだ。

ともあれ、本自体が発光してくれるおかげで暗がりでも問題なく読める。目を悪くするだろうか。悪くなるのだろうか、今の俺の目は。ページをめくる。読む。

「……これはひどい」

うめく。例の知らない文字とわかりやすいイラストに彩られたダンジョンカタログは、このようなことが書かれていた。

『ダンジョンの生活に不便を感じていませんか？　よどんだ空気、悪臭、湿気、カビ、虫、害獣！ダンジョンを快適空間に！　基本生活パックはこちら！』

『侵入者への対処が面倒？　簡単に排除する方法はないか？　すべての答えがここにある！　パーフェクトトラップコレクションをご覧あれ！』

『独創性！　ほかの誰もまねできない、自分だけのオリジナル！　様々なギミックが、あなたのダンジョンを輝かせる！　隠し扉、エレベーター、ワープポータル！　とっておきのダンジョンテクノロジーをあなたの手元へ！』

エトセトラ、エトセトラ。イラストと、見出し。カタログのお手本とはこのことか。顧客の購買意欲を掻き立てるため、これでもかと趣向を凝らしている。

すっげーイケメンの兄ちゃんとボンキュボンなおねーちゃんがさわやかに笑いながら快適空間で

くつろいでいる絵があったり。重装備の戦士らしき人物が、ボタン一つで落とし穴に落ちていく絵があったり。いかにもな魔法的文様（魔法陣？）で別の場所に移動している絵があったり。

まあ、それはいい。カタログとはそういうものだろう。問題は別にある。値段……については物価がわからないからなんとも言えない。全自動トイレ五コイン、セット価格で割引可能とか書かれていても、一コインがいくらかわからないしそもそもそんなもの持っていない。

問題とは、この妙に多い広告のこと。

『短時間で一コイン！　確実な収入を探してみませんか？　ご連絡はこちらまで』

『ワンルームから可能。ダンジョンフロア、貸出仲介いたします』

『新規ダンジョンマスター様専用特別融資。ローン相談承ります』

「あからさますぎる」

搾取の匂いがする。欺瞞の匂いがする。今日日、架空請求でももっと隠すぞ。鼻先に人参つるして、欲しければ働け借金しろってか。いっそ最初から首輪と鞭で強制労働強いてきた方がまだ潔さがあるわ。

ああ、嫌な記憶が蘇る。社会人になりたての頃、うっかり引っかかったキャッチセールス。それほど欲しくもなかったネックレスをローン組んで買ってしまった思い出。何年もたった今思えば、あれもよく作られていた。高いものを買わせるための手法が。……なんでこんな記憶ばかり思い出せるのか。

ふと、なんとなしに中央に置かれた小箱を開いてみる。予感があった。それは当たり、中には硬貨らしきものが詰まっていた。

「これが、コイン、か。なんだ、初期資金は支給されるのか」

すこし警戒しすぎていたかもしれない。五百円玉と同じぐらいの大きさで、色は赤。目の前の巨石と同じ色だ。表裏はわからないが片面には洞窟の入り口らしきものが、もう片方は……これは、歯車か？　なんで歯車？　まあ、ともかく、その二つの絵柄が刻まれている。

「十……二十……三十……………五十。初期資金五十コイン……トイレで五コイン？　やっぱ高くない？」

基本生活パック。照明、寝床、台所、トイレ、生活物資三十日分でセット価格三十コイン。おい、初期資金半分以上？　無理を言うな。ほかにどれだけ必要になるかわからんのに、生活だけにこんなに突っ込めるか。前言撤回！　やっぱ搾取する気満々じゃねーか！　悪意だ。罠だ。他者を陥れて自分たちのいいように使おうとする意思。人生のあちこちで触れたそれが、ここにもある。うんざりする。

というか。このあからさまな悪意にあてられて目を滑らせていたことが一つ。

「ダンジョン、マスター。何？　俺はダンジョンマスターなの？　ここ、ダンジョンなの？」

ダンジョンマスターと言われてまず思い浮かぶのは、卓上遊戯(TRPG)の進行役なんだがそれはさておき。慣れ親しんだライトノベルでの意味はダンジョンの製作者、支配者のこと。モンスターや罠を設置し、侵入者を倒しダンジョンを守り成長させるもの。

だが、それはフィクションの話。作家たちの作ったエンターテイメント。現実の話ではない。だが一方で、記憶はいじられるわ暗視能力追加されるわ言語能力もセットだわで、およそ現実的でないことがこの身に起きている。まず、ドッキリ企画ではあるまい。

だが、事が事だけにおいそれと鵜呑みにもできない。この悪意まみれの本だけで考えるのもどうかと思う。いったん閉じる。もう一冊、モンスターカタログを開く。読む。

…………おや？

「……まともだ」

そう、まともなのである。最初に目次があり、次には新人ダンジョンマスターへの注意事項が記載されている。

『これはダンジョンマスターが契約できるモンスターのカタログです。モンスターにはそれぞれ得意不得意があり、多才で強力なものはきわめて高コストです。そのモンスターだけでダンジョンを運営していくことは、極めて難しい試みといえます。新人ダンジョンマスター様におかれましては、初期コインと相談してバランスの良いモンスター雇用を心がけてください。わからないこと、疑問がございましたらお問い合わせ窓口にご連絡ください。下の模様に触れていただければ繋がります』

丁寧である。購買意欲で罠を仕掛けてくるもう一方とは天と地の差がある。比べるのが失礼と思えるレベルである。いい警官、悪い警官のそれのように実は此方こそが本当の罠、という可能性がなくもないが。ぺらりぺらりとページをめくってみても、ダンジョンカタログのような悪意は全く感じない。注意事項の後には『新人ダンジョンマスター用低コストモンスター一覧』があり、その後は種族ごとにイラストと解説付きでひたすら記載されている。変な広告とか一切ない。

「落差がひどすぎる。責任者は何を考えているんだ」

搾取したいのか、まともに運営させたいのか。一体どっちだ。ともあれ、である。初期資金、罠、モンスター。この巨石は、おそらくダンジョンの命、ダンジョンコアとかいうやつ。ダンジョンマスターであるらしい俺と繋がっているのだから、物語的にはそのはずだ。

ダンジョンを運営していく基本的なものがそろっている、ように思える。一つひどいのがあるがいったん置いておく。本を照明代わりに、部屋の中を見回してみるがほかには何もない。石の椅子の正面に、一本まっすぐな通路があるだけだ。

さて、どうするか。チュートリアルはダンジョンを運営しろと言っている、気がする。この道を進んでみるか？　行く必要は……あるだろう。ダンジョンを運営するなら自分の家がどうなっているか知っておくべきだ。

「それに、逃げられるかどうかも調べておくべきだ」

ないとは思うが、今俺の身に起きているのがとてつもない技術によって作られた仮想現実（バーチャルリアリティ）の可能性もなくはない。そんなものがあるなんて聞いたことがないが、万が一そうであった場合とんでもない赤っ恥な気がする。

伝説の剣っぽいものが岩に突き刺さってたから、引っこ抜いて勇者（あるいは冒険者）になってみる。そんなのが許されるのは子供だけだ。行動には責任が伴う。今回の場合は俺の人生がかかっている。状況に流されて決めて、後で泣きを見るのは避けたい。

とりあえず、今できることをしよう。石の椅子の先には、暗闇に包まれた通路が変わらずあった。

／＊／

止めておけばよかった。道を進んだ感想である。最初はよかった。平坦でまっすぐな道がずっと続いているだけだったから。コアの光はすぐに届かなくなり、例の暗視能力に頼ることになった。大昔のゲームのような、ワイヤーフレームじみた通路をしばらく進むと自然の洞窟に合流した。

　これが厄介だった。まず、全くもって未整備だったということ。地面は凹凸激しく、石も多数転がっている。あちこちから水が染み出していて、水たまりを作っていた。中には通り道がないほどにでかいものまであった。

　次に、小さな住民たちについて。虫やら小動物やら。ネズミらしきものはまだいい方。絶対に地球にいそうにない、ムカデとクモの悪魔合体したような奴を見た時はここが異世界なのだと恐怖と共に確信した。

　最後に、環境の悪さ。湿気がある。寒い。足元が滑る。壁も滑っている。ちょっと踏み込むと見たことのないやばそうな生き物が視界をかすめる。

　なるほど、そりゃあのクソカタログがまかり通るわ。借金してもこんな環境改善したいと思うわ。だけど、生活基本パックですらあの値段。この洞窟全部となったらどれだけかかるやら。ほかの工務店と相見積もりを取らせろと言いたい。

　靴が良くて助かった。俺の趣味の一つに、一人キャンプがあった。これはアウトドア用に買ったものでこのひどい地面でも転ばずに進めている。……この靴がだめになる前に、洞窟をなんとかしなければならない。

靴は良いが、服はだめだ。家でくつろぐためのただの黒ジャージである。このひどい環境では、着れなくなるのも早いのではないだろうか。しかし、休日の服にこの靴。一体俺はどんな状況で連れ去られたのだろうか。記憶はない。

ともあれ、そのように四苦八苦して進むことしばらく。視界に変化が表れてきた。白黒世界の白が強くなってきた。つまり、光が見えてきたのだ。暗視能力を切れば、道の先に光が見えた。

一歩踏み出す。とたん、頭上からすさまじい数の羽音が響いた。虫ではない。

「蝙蝠（こうもり）か!?」

ぱらぱらと落ちてくる何かから、咄嗟に両腕で顔を守る。ばっさばさと、それこそ蝙蝠傘をいくつも開閉させるような音がしばらく響いて、治まった。出ていったのか奥に行ったのか。前者であってほしい。

頭にかかったものを払いながら、これは何かと見てみる。光が届くここなら色が見える。色は黒。乾いた感じ。見れば、足元にかなりある……これは。

「げぇ！　フンだ！」

ぎゃあー、と体にかかったものを払う。で、思い出す。確か蝙蝠のフンというのはネズミのソレと同様、病気の原因になるのではなかったか？　うろ覚えの知識だが、無害であると考えるのは早計だろう。

一応、と思い壁から染み出る水で顔と頭を洗っておく。水たまりはともかくこちらならまだまし、と思いたい。

ジャージの上着を脱ぎ、洗う。タオル代わりに使って再度洗う。絞る。着るのではなく昔のＴＶプロデューサーのごとく袖を縛って肩にかける。よし。

「さて、行くか」

光に向かう。いよいよ暗視能力が光で邪魔されるようになってきたので解除する。薄暗い中を、一歩一歩ゆっくりと進む。上にも注意するが、蝙蝠の姿はない。

そしてついに、出入り口に到達した。空が赤い。夕方だろうか。風は冷たく、しかし澄んでいた。洞窟の目の前は背の高い草がみっしりと生えていた。分け入っていくには苦労を伴うだろう。さらにその先には森が見える。人工物は何も見えない。

根拠のない確信がある。それを確かめるために、外に向けて足を踏み出した。

止まった。洞窟から、足先すら出ることができない。足が動かない。壁があるわけではない。俺の足が、意思に反して動きを止める。停止プログラムを突っ込まれたロボットのごとく。

「やっぱりか」

こんなことになるんじゃないかとは、なんとなく思っていた。巨石と椅子、台座と本。そして俺の改造。ここまでやっておいて、簡単に逃げ出せるようにはしておかないだろう。

どうやって俺の行動を制限しているかはわからない。この謎を解明できない限り、外に逃げ出すのは不可能だ。そしてそれは、一朝一夕で知ることはできないだろう。記憶の縛りはともかく、暗視能力の付加だ。これが目玉をカメラに変えたというならまだわかるが、全く違和感はないから機械にされているようにも感じられない。

万事この調子だ。理解するより、俺が飢え死ぬ方が先だろう。食料なんてない。ネズミモドキ（仮称）やコウモリモドキ（仮称）はいるが、食べられるとはとても思えない。火をおこす道具も燃料もないから、水を沸騰させて煮沸することもできない。

まずは、生活環境を確立させねばならない。サバイバルだ。

「やっぱり、ダンジョンマスターするしかないか」

俺をここに縛り付けた相手の思惑に、今は乗るしかない。サバイバルは甘くない。難易度を下げられるならなんでもやった方がいい。相手側もここまで手間暇かけているんだ。思惑に乗ってきた相手を、簡単に殺したりはしないだろう（と、思いたい）。

ダンジョン運営で生計を立て、まずは生存を図る。のちに知識と技術を蓄え、今後について考えていく。

日本への帰還は……時間がかかるだろう。確実に長くなるだろうし、無断欠勤で会社をクビになるのは避けられない。再就職もこのご時世だから仮に戻れたとしても、景気良くなっててくれなければ絶望的。……ええい、悩んでも仕方がないことは置いておく。今は目の前のことを一つずつこなしていこう。

そうと決まれば、まずはあの台座に戻らなければ。あのカタログを見て、現状の最良を考えよう。もう一つのクソカタログについては……できれば使いたくないが、状況次第かな。

俺は最初の部屋に戻るため、洞窟の中へと足を踏み入れた。……あの道を戻るのか。ちょっと、めげる。心が折れそうです。

／＊／

ふらふらになりながら、戻ってきた。喉が渇いた。湧き水なら大丈夫かとも思うのだが、やはり最低限沸騰させないと怖い。生活用品を手に入れないといけない。俺のキャンプセットがあればなぁ。

「つっかれたぁ……」

石の椅子に座る。硬く、冷たく、座り心地最悪のこれでこんなに休まるとは思っていなかった。……いや、本当に休まるなこれ。みるみる疲れが抜けていくぞ。え、もしかして魔法の椅子だったりするの？　ううむ……もしかして気のせいということもありうる。保留にしておこう。

疲れがだいぶ取れたので、台座の前に立つ。変わらず、本が二つ、小箱が一つである。正直クソカタログの方は捨ててしまおうかと思うのだが……あ、今度焚き付けに使おう。着火剤としてはきっと優秀に違いない。

クソカタログはさておき、もう片方。モンスターカタログを開く。光があふれる。読書用の光が自動で現れるとか、思えば高性能な本である。

さて、あらためて頭から読んでみる。冒頭の注意文をもう一度。……この環境をどうにかできるモンスターとか、いるんだろうか。ええと、建築、建築……。

『デヴィル・オヴ・キャッスル　三万コイン　炎の姿をした悪魔です。対価を与えれば、あなたの住処（すみか）を望みの通りに変化してくれます。罠も壁も悪魔の思い通りで、ダンジョンを移動拠点にすることさえ可能です。対価はコインで支払えば問題ありませんが、悪魔はそれ以上を求めてきます。使用には十分な注意が必要です。悪魔の作り出す防衛設備は対価に比例して強力になりますが、製作者は極めて非力です。倒されれば被造物はすべて壊れてしまいますのでお気を付けて』

「うーん、論外」

　三万とか借金しても払いきれないに違いない。さらに環境整備に追加コインが必要とか。気になって上位モンスターから見てしまったが、やはり上ともなると色々いるものだ。面白い。いや、面白がっている場合ではない。実用性、実用性……。

『アントクイーン　五千コイン　巨大アリたちの女王です。エサを与えると子アリの卵を産みます。子アリは作業アリ、兵隊アリ、近衛アリに変化します。巨大アリたちは巣を作るため、ダンジョンの防衛役に最適です。作業アリたちはキノコの栽培すら可能ですので、薬用キノコを与えれば副収入も期待できます。アントクイーンは知能が高いため追加オプションで竜語を最初から覚えさせることが可能です』

「んん……実用性が一気に上がったが、まだ高い」

　こいつ一体で防衛と環境整備が進むのはかなりポイント高い。モンスターで副収入、という知見を得られたのも大きい。……副がこれなら主はなんだという疑問が新たに生まれもしたが。あと竜語なるものも。

　とはいえ、これも高い。やはり初心者枠から見ていくしかないのか。えーと、ページ前半……しかし本当分厚いな。こういった台がないとまともに開いていられないぞ本当。

『ゴブリン　一コインで三十体　人間の子供ほどの体格を持つ邪妖精です。卑劣で下劣、弱者を虐げるのを好み、平然と怠けます。きわめて弱いのですが、その邪悪さから暴力に抵抗を持ちません。味方の犠牲を（そもそも味方という概念が希薄です）なんとも思わないため、周囲に自分より強い者が戦っている限りは士気崩壊する事がありません。細かい命令を理解する知能はありません。自分が不利になる命令には従いません。敵に損害を与えるための使い捨てと割り切って運用してください。場合によっては、ダンジョンに損害を与えることもあります。常設は避けた方がいいでしょう』

「デヴィルと別の意味で論外。……しかし、この安さはすごいな」

　使い捨ての戦力としてはアリ、か？　しかし命令を聞くかわからんというのがなぁ。うーん、やはり文章とイラストだけではなんとも。

　ここは……一つ、やってみるか？　俺はダンジョンカタログを、一番最初のページに戻した。注意文の下に、親指大の細かい模様がある。たぶんこれ、魔法陣とかいうやつだ。ヘルプセンターへの、連絡。意を決して、魔法陣に触れてみる。何かが、体からわずかに抜けた感覚があった。

　次の瞬間モンスターカタログが大きく光り、長方形の枠が飛び出した。

『ただいま呼び出しています。しばらくお待ちください。モンスター配送センター』

デフォルメされた男性と女性がシンプルに頭を下げるアニメーション。それほど待たずして、一人の女性の姿が映し出された。

「……っ」

言葉が出なかった。見惚れるほどの美しい人に、初めて出会った。若い女性、ということはわかる。たぶん年下……だと思う。外見通りの年齢ならば。何せここは異世界だ。

長い黒髪は闇夜のごとく。瞳の色は金……いや、琥珀色というやつか。スタイルは素晴らしいの一言で色々ごまかしたい。服が、とびきりお高いスーツのようなデザインをしている。これが制服ならば、金持ってる企業なのだなと思うが……。

ともかく、唐突にこんな女性が映し出されたのだ。俺でなくても驚くだろう、見惚れるだろう。俺が喋らなかったせいだろうか。相手側が口を開いた。

「コ！」

……女性の第一声。声が、裏返った。みるみる耳まで真っ赤になる。神秘的な、女神のような印象が一瞬でやらかした社員のそれになる。

「……こちら、モンスター配送センター、お問い合わせ窓口担当のイルマタル・ヤルヴェンパーです。ご用件を伺います、ダンジョンマスター様」

平静を取り戻そうと、努めてまじめな声を出そうとしているヤルヴェンパー女史。だが悲しいかな、震え声。あ、なんか、体までプルプル震えてる。いかんな、このままだと泣き出しそうな雰囲気だ。さすがに哀れになってきた。

「ええっと……すみません。自分、ミヤマ・ナツオといいます。今日唐突にダンジョンマスター？に、された人間なんですが。右も左もわからない状態なんで、相談に乗っていただきたいな、と」

「は、はい！　新たなダンジョンマスター様のサポートも我が社の務めでございます。どうぞご安心ください！」

顔の赤みはまだとれないが、少なくともドツボから抜け出した模様。何やら資料を取り出して広げだした。

「それでは……ダンジョンマスター様。苗字がミヤマ、でよろしいですか？」

「はい」

「ミヤマ様。質問を受ける前に、現状をどれだけご理解いただけているか、こちらから質問させていただきます。よろしいですか？」

「あ、はい」

なるほど。どれほど説明が必要か、必要部分を洗い出してくれるわけか。そういうマニュアルがあるというあたりで、色々察することができるな。

そして、しばらくアンケート回答のようなやり取りをした。違っている場合はその都度教えてくれるというシステムらしい。で、俺がこれまでに色々察した部分、あれは大体合っていた。もちろん知らなかった部分もある。

ダンジョンマスターにされた事。巨石がダンジョンコアで、これが壊されると俺を含むダンジョンにまつわるすべてが死んだり壊れたりすること。俺はコアからパワーをもらっており、身体強化及び様々な能力を得ているということ。この会話自体、竜語という魔法の共通言語らしいのだ。なんでも喉や口の形状が発声に適していない種族、つまりドラゴン等が明確かつ簡単に意思疎通をするために作り上げたとかなんとか。

暗視能力に身体強化、それに加えて共通言語か。改造人間度合いが上がったな。

「基礎情報はこのようなところだと思われますが、何かご質問はありますか？」

「あー……いや、特には」

正直言えば、最も根幹の部分。なんで俺がダンジョンマスターにされたのか。俺をこれにしたのは誰なのか。そういった部分を聞きたくはある。が、彼女の業務外の話だし知っているとも限らない。今のところ誠実に対応してくれている彼女に変なボールを投げたくない。またプルプルされても困るしな。

ああ、でも、これはいけるか？　台に置いてあったクソカタログをヤルヴェンパー女史に見えるように持ち上げる。……あ、笑顔がわかりやすく固まった。

「すみません、これについてなんですが……」

「申し訳ありません。デンジャラス＆デラックス工務店は我が社と同じくダンジョンサポートを目的として設立された組織ではありますが、なにぶん他社なので……」

「ああ、そうですね。申し訳ない」

言及を避けた、か。ということはコレにまつわる問題を把握していると見ていいかな。擁護しないというところだけでも、十分だ。しかし、デンジャラス＆デラックス。すさまじい名前だな。頭文字で略すと……いや、あくまで竜語で伝わってくるだけだ。英語ではない。いいね？

「では、いよいよ我が社の本領。モンスターについてです。お手元にダンジョンコインはありますね？」

「これですね？」

　話題をそらされたが、まあいい。小箱から赤色のコインを取り出す。

「そちらをお支払いいただきまして、カタログのモンスターと契約していただきます。一度契約したモンスターは永続契約。追加料金は発生しません。ただし維持に関してはそれぞれコストがかかりますのでご了承ください。食料や寝床。知能が高いものになりますと衣服や娯楽などを要求するものもいます」

「……そちらに支払う追加はなくても、モンスターたちに給料を支払う必要はありますよね？」

「いえ、知能が低いものは言うに及ばずで、高いものに関しましても支払う必要はありません。最初に支払ったコインだけで十分です。ただ、モチベーションの維持や上昇のためにお小遣いとして渡す場合もあるでしょうが」

　ふむ。と、一枚コインをつまんで持ち上げる。

「……このコイン、結構な価値があったりするんですか？」

「それはもう！　それを生み出せるのはダンジョンのみ。大量の魔力が圧縮されていまして、魔法魔術の使用を大いに助けます。一枚で平均金貨百枚で取引されていますよ。……あ、ちなみに一人前の職人が一日働いて金貨一枚です」

ざっくり金貨一枚一万円と考えて、ダンジョンコインは一枚百万円。……ゴブリンは、コイン一枚三十体。ゴブリン一体約三万円……生涯雇用とはいえ、ゴブリンに三万……最初は一枚で三十体雇えてお得と感じたが、実際の値段を知ると逆の印象になるな。

「さて、それでは具体的なモンスターのご紹介……の前に。ミヤマ様のダンジョンについて伺ってもよろしいですか？」

／＊／

求めるモンスターが書かれたページの上に、十枚のコインを置く。描かれた魔法陣に触れる。

『契約しますか？　承諾／拒否』

浮かび上がってきた文字に対して、承諾を選択。するとコインが消えて、ホログラフめいた幻影が浮かぶ。同時にダンジョンコアの輝きが少し強くなった。

『ただ今、モンスターを配送しています。しばらくお待ちください』

犬っぽいモンスターが箱に入れられ、運ばれていくアニメーションが表示される。……すでに数回見ているけれど。もうちょっとこう、神秘的というか緊張感あるものにしてもいいんじゃないかな、と思うのは間違っているだろうか。

「……今回はそれなりに時間がかかるな」

「配送センターと仮契約されていた精霊様です。その解除を済ませてからになりますので、我々より少々手間がかかるのでしょう」

「なるほどな」

俺のつぶやきに、背後から答える声があった。うん、一人ではないというのはやはりいいな。

「ちなみに、お前たちの場合はどうだったんだ？」

「我々は、居住施設で番号を呼ばれて整列。そこにある転送装置に乗ってすぐここでしたな」

「ワン」

転送装置、とかそれっぽいワード出てきたな。気になる。が、それはまた今度だ。カタログの上にあった枠が光った。

風が、吹き抜けた。強風と言って差し支えないそれが、部屋の中を駆け巡る。押し出されて二、三歩後ろに下がってしまった。ギャンだのワンだの部屋の中もやかましい。

それはすぐに収まった。が、風が止んだわけではない。そよ風程度のものが、今も止まらず巡っている。そして、目の前には人形サイズの少女が一人。羽根の生えた乙女がいた。

俺はあわてず騒がず、この短時間で何度も唱えた言葉を紡ぐ。

「我、力を求める者なり。我、対価を支払うものなり。我、迷宮の支配者なり」

カタログが光る。ダンジョンコアの光もいっそう強まり、俺の胸にも赤い輝きが宿る。

「汝（なんじ）、風の乙女。汝、自由なるもの。汝、万物を抱くもの」

乙女の方も、赤い輝きに包まれる。拒絶された場合は、これがはじけてしまうと聞いた。幸い、そんな兆候はない。なら、あとは名前を呼ぶだけ。彼女に向かって手を伸ばす。

「我と共に歩め、シルフ・エリート！」

乙女を包んでいた赤い輝きが、本人の中に吸い込まれていった。俺やダンジョンコアの輝きも、元に戻る。無事に契約は完了した。

モンスター・カタログにはこうある。

『シルフ・エリート　十コイン　風の精霊です。本来、ダンジョンで風の精霊を運用するには障害があります。空気の通りが悪い場所を好まないからです。契約で無理やり使うこともできますが、しばらくすると存在が歪（ゆが）みます。よどみの精霊に堕（お）ちてしまえば、ダンジョンとの契約も破棄されてしまいコインの無駄使いになってしまいます。そこで、このシルフ・エリートです。彼女は周辺地域の風そのものといえる存在です。本体がダンジョンの外にあるため、歪むことも倒されることもありません（ダンジョン内で活動するための端末が倒されることはあります）。シルフの力をダンジョンで使おうと思うなら、彼女を呼ぶべきです』

たった五十枚しかないのに、一体のモンスターに五分の一を使用するのは痛い出費である。それでも、シルフは必要であると説明を受けた。なぜかと言えば。

「これで、ダンジョン内の換気の心配はなくなりましたね」

再びカタログの上に枠が現れ、ヤルヴェンパー女史の姿が映し出された。その彼女が言う通り、換気に懸念があったのだ。

これからダンジョン内で生活するわけだが、食事を作るためには火が必要。クソカタログを使わない俺は、原始的にかまどを作ってそこで調理しなくてはならない。となれば、一酸化炭素中毒の危険が生まれるわけである。

さらに言うならば、襲撃者が煙でいぶしてくる可能性があるとも指摘を受けた。よくわかる。非常によくわかる。弱い冒険者はとにかく洞窟をいぶしたがるものなのだ。何せ、彼らは弱いから。攻撃力も回復力も心もとない初心者たちは、使える手段はなんでも使って敵を弱らせたがるものなのだ。強い冒険者は自力でどうにかできるのであまりやってこない。もちろん例外はいる。さておき。

「これで、全部か」

俺は振り返って部屋を見渡した。そこは、先ほどまでに契約したモンスターたちでひしめき合っていた。

まず、大量にいるのはこいつら。

『コボルト　一コインで五体　直立した犬のような容貌のモンスターです。道具を使うため、前足はヒトのそれのように変化しています。洞窟に住み、部族社会を形成して生活します。身体能力はゴブリンとほぼ互角です。しかし、気質が臆病(おくびょう)であるためゴブリンの邪悪さに気持ちで負けます。つまりモンスターの中で最弱ということです。しかしながらコボルトの特筆するべき点は戦闘力ではありません。上位者に忠実で、仲間のために働くことを良しと考える性質があります。また、道具を与えれば簡単な作業を問題なく行えます。言葉はしゃべれませんが、まれに竜語を覚える個体もいます。ダンジョンはコボルトから始めよ、という格言が昔から存在するのは理由があるのです』

自然洞窟部分の整備役、及び様々な雑用を任せるためにこいつらと契約した。三十匹でコイン六枚。多すぎると思ったが、洞窟作業と生活の安定を考えればこれぐらいは必要だとのアドバイスを受けた。

さらに一四、格好の違うコボルトが先頭に立っている。手には杖、簡素なローブ。違いはそれぐらいで、ほかのコボルト同様、柴犬や秋田犬に似た愛嬌がある。

『コボルト・シャーマン　一コイン　魔法の才を持ち、修行を積んだコボルトです。コボルトであるが故に戦闘は不得意ですが、それ以外の術に長けています。部族の知恵袋を担うため、通常の個体より知能は高いです。それ以外についてはほぼ通常のコボルトと同じです。標準で竜語を習得しています』

使える呪文は『遠視』と『快癒』だそうだ。遠視はそのまま、遠い場所を見る呪文。快癒、が非戦闘中の自己治癒能力を向上させるというものと聞いた。使い勝手は悪そうだが、回復呪文があるのは心強い。

そして、足の踏み場がないため壁に張り付いているでっかいゼリー。

『スライム・クリーナー　二コイン　大桶を満たす程度の大きさを持つ緑色のスライムです。気質はおとなしく、よほど飢えていない限り自分より大きな動物を襲うことはありません。湿度の高い場所を好みます。苔、虫、小動物、微生物、動物の老廃物を餌とするため清掃役にぴったりです。戦闘能力は低いですが、体積と体力を生かした足止め行動などが可能です。魔法や火などを用いられない限りダメージを受けにくいのも魅力です。広いダンジョンの清掃活動に大いに活躍してくれるでしょう』

目も口もない、でっかい緑ゼリー。戦闘力は低いとカタログにあったが、これが天井から落ちてくるだけでもシャレにならんと思うのは俺だけだろうか。ともあれ三体。

コボルトに六枚。コボルトシャーマンに一枚。スライムクリーナーに六枚。シルフ・エリートに十枚。合計二十三枚。戦闘用モンスターはまだ雇用を控えた。生活空間が全くないのに呼び出すのは負担が大きいとのこと。

コアルームにみっしりとコボルト。そよ風に乗って漂うシルフ。壁でぷるぷるしてるスライム。これが、我がダンジョンのモンスターたちである。屈強からは程遠い。頼もしさもちょっと足りない。怖さは全くなく、愛嬌はたっぷり。

これでよいのかと悩まなくもない。しかしまあ、正直ここまでのあれやこれやでだいぶ心が参っている自分がいる。ここで、気を使う必要のあるモンスターがいたら持たないと思う。だからまあ、これでいいのだ。

「主様。一同そろいましてございます。どうか、お言葉を」

……だというのに、ここでコボルト・シャーマンから無茶振りが飛んできた。振り返れば、ヤルヴェンパー女史が笑顔でどうぞどうぞとジェスチャーをしている。勘弁してほしいのだが、シルフは嬉しそうに飛び回るしコボルトたちはシッポを元気よく振っている。スライムはよくわからない。

幸か不幸か、こういうアドリブにはゲームで慣れていた。数秒考えて言葉をまとめた。石の椅子の上に立つ。

「あー……このダンジョンのマスター、ミヤマ・ナツオだ」

短く。わかりやすく。共感しやすく。それがスピーチのコツだ。

「俺は弱い。この世界のこともダンジョンのこともほとんどわかっていない。強いものが攻め込んできたら、たちまち死ぬだろう。コアが破壊され、お前たちも死ぬだろう」

パタパタ、とコボルトたちの耳が倒れていく。よし、伝わっている。

「だからこそ、お前たちの力がいる。お前たちが弱いのは知っている。だが、ダンジョンを作り替える力がある。良いダンジョンにすれば、強いモンスターを呼んでおける。強い敵が来ても、それなら安心だ」

コボルトたちの耳が立つ。うん、わかりやすい。

「お前たちの力を貸してくれ！　全員で、生き残るために！」

「ダンジョンと共に！　マスターと共に！」

わんわんわん！　わんわんわん！　シャーマンの掛け声に合わせて、コボルトたちが声を合わせて吠える。シルフが踊る。スライムが震える。

こうして、俺のダンジョンマスターとしての日々が始まった。

／＊／

火は、育てるものである。まず、最初に燃えやすいものを用意する。薪(たきぎ)からはがした薄い木の皮。乾いた草。ポケットの中の綿ゴミ。

次に、火口箱から火打ち石と火打金(ひうちがね)を取り出す。石はともかく、火打金はあまり見ないものだ。握りやすくメリケンサックみたいに四角い輪になったこれに、石をぶつけると火花が出る。出た火花を用意した可燃物にぶつけて火種にするのだ。

叩く、叩く、叩く。火花が出る。可燃物に当たる。すぐに消える。続ける。叩く。消える。ああもう、俺のファイアスターターがあればなぁ。あれはマグネシウムでできてたから比べ物にならないほど火花が出た。

金属が削れ、火花が飛ぶ。可燃物に飛び散った火花に、消えない程度に息を吹きかける。何度も何度もチャレンジして、やっと煙が上がる。うっかり昨日、火を絶やさなければこんな苦労しなくてよかったのに。

コボルトたちにやらせてもいいが、時間がかかってしょうがない。自分でやる方が今は早い。なんとか、火がともる。細い薪を少しずつ増やして、火を大きくする。薪は、外でコボルトたちが拾ってきた。生木ではもちろんない。何年も放置された倒木なら、直近で雨に濡(ぬ)れでもしない限り十分乾いている。それを運ばせたのだ。

なんとか、かまどに火が入った。大鍋をかける。何せ三十一匹のコボルトと俺のための料理だ。一度に料理するには相応の鍋がいる。中には水と皮をむいた野菜が入っている。　料理は俺の仕事だ。コボルトたちもできるが、やらせると毛が入る。俺がやった方がいい。ぱちぱちと薪が爆(は)ぜる。火の隣に小さなヤカンを置く。温める分にはこれで十分だ。

「ふう……」

一息つく。ダンジョンに住み出して、一週間がたった。工事は順調だ。まず、スライムたちが頑張った。洞窟内を隅々まで這いずって、虫や苔や小動物を掃除した。入り口付近の蝙蝠もいなくなり、フンもすっかりなくなった。

次に、まともに歩けないような場所に仮通路を設置した。石をどかし、渡し板を敷いた。たったこれだけで、出入り口からコアの通路までの移動が格段に楽になった。

現在の作業は、入り口付近からの仮整地。つるはしやスコップ、運搬用一輪車を使って邪魔な石を除去して通路を均（なら）している。あくまで仮なので、雨が降ると水浸しになる。まあ、スライムが頑張ればあっという間に水は捌（は）けるが。

洞窟から出たすぐ先の草むらも、鎌（かま）で切り払っている。森に行って薪や食料を得るためには邪魔なのだ。意図したことではなかったが、狩りにはシルフが大活躍している。ちょいと動物にいたずらするだけで、容易（たやす）く獲物をコボルトたちに向かって誘導できるらしい。洞窟から出られない俺はそれを見ることがかなわないが、シャーマンがそのように教えてくれた。シルフは竜語が使えない。だが精霊語は話せる。そしてシャーマンはそれを理解できるとのこと。優秀である。

おかげで肉が定期的に手に入っている。これはかなり助かっている。毛皮も手に入っており、コボルトたちがなめし作業を行っている。正直その辺は完全にコボルト任せ。使用方法も連中に一任する気である。

よっこいしょ、と立ち上がって周囲を見回す。ここは、居住区と定めた場所だ。俺のダンジョンは、ぐねぐねと曲がりくねった一本道の自然洞窟部分とコアルームへと続く一本道。この二つからなっている。変形したＴの字と言えばわかるだろうか。Ｔの上辺部分が自然洞窟。下部分がコアへの道というわけだ。

この居住区は自然洞窟の奥部分。行き止まりになっている場所を使っている。防衛には使わない。戦闘になったら何かしらの手段で塞ぐ予定だ。予定なので具体的方法は決まっていない。

ここには寝床、道具置き場、かまどなど、この一週間で色々設置してある。様々な道具はヤルヴェンパー女史に紹介してもらった『ケトル商店』という店で購入した。異世界でもテレビ電話にオンラインショッピングである。外に出られないからしょうがないのだ。

重要な日用品もそろえることができた。特に着替え。ジャージだけでは様々な不都合があったので、作業服……に使える頑丈な生地の服を仕入れた。それから明かり。いくら暗視能力があっても、見やすいというわけではない。やはり明かりがあった方がいいのだ。持ち運びできるランタンを自分専用に一つ、コボルトたちの共用に複数用意した。

コボルトお手製の棚から、今日使う肉を取り出す。熟成、というのがどれほどの時間が必要なのかいまいちわからない。すぐに食べるよりおいしくなるはずなのだが、いかんせん素人知識には限界がある。埃（ほこり）をかぶらないようにかけておいた布を取り、樽（たる）に貯め込んだ水で軽く洗う。一口サイズに切り分けて、沸騰した鍋に放り込んでいく。

「ふう……」

また、ため息が出た。

「わう？」

近くにいた黒毛のコボルトがこちらを見上げてくる。どうしたの？　と顔に書いてある気がする。

「……気にするな。皆と休んでいろ」

「わう」

あごの下をなでてやる。こいつらとの共同生活は、上手くいっていた。それがコアと契約したから、というだけでない事はなんとなくわかる。最初は何をするにつけても腰が引けていた。

話して、誉めて、元気付ける。嬉しそうに尻尾を振る様を見ると、俺もまた同じ気分になる。安価な作業員として雇用したが、今ではすっかりこいつらが傍にいることが癒しになっていた。

ダンジョンマスターをすると覚悟を決めたからと言って、不安や不満がなくなったわけじゃない。日本に帰りたい。楽な生活に戻りたい。泣きわめきたくなる事は常にあった。

しかし身を寄せてくるまでになついてくれたコボルトたちと働いていると、それを忘れることができた。つぶらな瞳で俺を見上げるコボルトたち。俺を頼りにする弱いモンスター。こいつらのために頑張ろうとすら思えてきた。

元の生活に戻りたいという気持ちがなくなったわけじゃない。だけど、こいつらを放り出してまで求めてはいけない。そんな気持ちも芽生えてきている。肉親を思い出せない今の俺には、コボルトやモンスターたちが唯一家族といえる存在なのだ。

（……そのためにも、コインの補充が必要なんだけど。来ないんだよなぁ、襲撃）

先ほどからのため息の理由。一週間。一度も襲撃を受けていない。初日、二日目はビビっていた。三日、四日目は備えていた。四、五、六ときて今日で七日目。ダレている自分がある。まずいとはわかっている。必ず来る。そういうものだと聞いたからだ。

『ダンジョンコアとダンジョンメダル、そしてダンジョンマスターたるミヤマ様。あらゆるモンスター、亜人、邪妖精、悪魔、果ては神々までそれを狙っています。コアは育ち切れば神授のアーティファクトに匹敵する力を得ます。メダル一枚だけでも呪文や異能の力を高めます。そして、コアの力を受けたマスター。それを食べれば力が手に入ると、多くのモンスターが本能で理解しています』

とまあ、ヤルヴェンパー女史が真剣な表情で言っていたのだ。……現在、俺の情報を持っているのはモンスター配送センターとケトル商会のみ。その二つから情報は漏れない（と思いたい）ので、あとは本能で突っ込んでくるモンスターだけ。

ダンジョン周辺の森にはモンスターが多いと聞く。周辺地域の風であるシルフ・エリートの力でかなり広域を警戒できている。さらに、コボルトたちの鼻もある。食料や木材調達の合間に襲われないのはそういう能力があるからだが、襲撃への警戒にも生きている。

……とはいえ、七日である。いつ来てもおかしくはない、と思い続けて七日である。ダレるのも無理はないのではなかろうか。

（来るんだったらさっさと来てほしいよ。できるだけ弱いのが）

心の中で手前勝手なことをぼやいてみる。襲撃してきた敵をダンジョン内で倒すこと。これが、ダンジョンコインの基本的な稼ぎ方らしいのだ。ダンジョンは倒された敵を食らい成長する。そしてコインを生産する。

　コアが成長すれば俺もパワーアップ。コインを使ってモンスターを配備。ダンジョンの設備も拡充。襲撃は命の危険があるが、成長のために必要な要素。襲撃者は財宝のため。ダンジョンは獲物を食らうため。互いを食らい合う間柄というわけだ。

　なお、コアにコインを捧げることによって、ダンジョン内で死んだ自分のモンスターを蘇らせることができる、とも聞いた。とんでもない話だ。たとえ召喚で使ったコインの五倍を使用するとしても、死からの復活とかとんでもなさすぎる。とはいえ、死なないに越したことはない。というか、今は復活コスト支払えるほどの余裕がない。死なないように戦うのが一番だ。

　準備はしている。我がダンジョン最大戦力のシルフ。彼女の風を凶悪にするために、砂を混ぜる「砂嵐作戦」。弱いコボルトたちでも戦力になるようにバリケードも設置してある。が、それでも不安がある。戦闘用モンスターはまだ雇っていない。……最低限の生活空間はできたのだし、もう雇っていい気もしている。

「……よし、雇うか」

「わう？」

「新しいモンスターをな。戦える奴を雇おうかなって」

「わう！」

　コボルトも賛成のようだ。うだうだしていてもしょうがない。さらなる出費になってしまうが、不安を抱えたまま生活するのは精神が辛い。問題は、いくらかかるかだ。

　生活物資及び工事道具購入のためにコイン一枚をこちらの通貨と両替した。さらに魔力で動くという触れ込みの大型冷蔵庫、中古品をコイン一枚で購入してしまった。この大人数で生活するために、これは必要だと思ったのだ。

　コボルトたちを呼ぶために二十三枚。物資に二枚。すでに半分使ってしまった。あと半分でどれだけのモンスターが呼べるのか。できれば蓄えは残しておきたい。

「メシが終わったら、相談だな」

　鍋を確認する。よし、肉に火が通った。よもや、趣味の一人キャンプがこんなところで役に立つとは思ってなかった。俺が、あのクソカタログの世話にならなくて済んでいるのもキャンプで培った知識と技術のおかげである。まあ正直、料理のレパートリーは少ない。焼くか煮るかして、塩と酢で味付けしておしまいである。胡椒も売ってたが、ほかの調味料と違って値段がとんでもなかった。

　一般市民が使えるぐらいに流通するようになっただけ昔よりマシと店主は言っていたが、さすがに買い控えた。もっと稼げるようになったら……と心に決めたのを覚えている。

　米と味噌と醤油が、かなり恋しい。記憶が歯抜けになっていても、日本の食生活は体と魂に刻まれているようだ。

　鍋をかまどから降ろす。さて、腹ペコどもを呼ぶとするか。そう思ってシルフを呼ぼうとした瞬間。

「ワォーーーーーーーーーーーーオオオン！」

　普段聞かない、力いっぱいの遠吠えが聞こえた。

／＊／

「ゴブリンの部隊!?」

「はい。シルフが確認したと」

シャーマンが頷く。シルフが頭の上をせわしなく飛び回る。コボルトたちも右往左往しそうになっているが、命令して整列させる。そうしないと全員いるか確認が取れないからだ。子供の頃の体育の授業って、こういう意味もあったんだろうな……。

ともあれ、ゴブリンだ。森から現れて、こっちに直進してきているらしい。

「シャーマン、術でどんな部隊か見ることができるか？」

「お任せください主様。シルフ殿、ご助力願いますぞ」

本人曰く、呪文というのは相手が何処にいるかわからないとかけられないとのこと。射程距離内であっても、見えないと使えない。が、コボルト・シャーマンは見えなくても匂いさえわかれば使える、という申告を受けている。たぶん、人類に同じことは無理だろう。

そして、シルフに手伝ってもらうことによってシャーマンの遠視の術は呪文有効距離限界ぎりぎりまで運用可能なのだとか。全く意図していなかったが、なかなか有効なコンボが生まれてしまった。

「小さな輪と大きな輪。覗いてみればあら不思議。遠くのあなたよこんにちは。クレアヴォイアンス！」

　歌のような呪文を唱えるシャーマン。ほんのりと、両目に光が宿った。

「ほーむ、ふむ。見えますぞ。間違いなくゴブリンです。装備は……うん、普通に悪いですな。拾ったか奪ったか。変に良い感じはしませんぞ」

「ゴブリン以外に何かいるか？」

「いいえ、特には……おおっと、ガタイのいいのが一匹おりますな。もしかしたらホブゴブリンかもしれませぬ」

「ホブ、かー」

　ゴブリンとコボルトはほぼ互角。指揮とバリケードがあればいける、と思う。問題はホブだが、シルフの砂嵐作戦とあとは……俺。できる、だろうか。ケンカはしたが、殺し合いなど一度もしたことがない。日本人なら当然だ。そういう時代に生まれて育った。

　だが、やらなければこいつらが死ぬ。たった一週間。されど一週間。こいつらを見捨てるなんてとんでもない。

「よし、全員、武装！　バリケードで防衛準備！」

「わんっ！」

　コボルトたちが道具を取りに動き出す。俺も準備をしなければ。……俺のバカ。こんなことなら武器防具も買っておけばよかった。

「ところで主様。バリケードでの防衛なのですが」

「ん？　どうした」

「はい。ゴブリンたちは臆病で怠け者です。おそらく、何匹かを偵察兼死に役としてダンジョンに送り込んでくるかと」

「各個撃破できて何よりじゃないか？」

「戻ってこないと、警戒します。ダンジョンに入り込んでこなくなるやも」

「あー……それは困るな」

砂嵐は一回しかできないとシルフから自己申告を受けている。一網打尽にしないと、負けかねない。何とかして、全部のゴブリンをダンジョン内に引き込まねばならない。

「どうするか……全部のゴブリンが飛び込むような状況……臆病……」

「簡単なことですぞ。少数で連中の前に出て、しっぽを巻いて逃げるのです」

俺の悩みに、スパンと回答を出して見せるシャーマン。

「……それでいけるの？」

「奴らは臆病で怠け者で、弱い者いじめが大好きですからな。逃げたら面白がって追いかけてくるのですよ」

「割と最悪だな。性根」

「まさしく」

つまり、釣りをやればいい、と。餌は誰がやるか。……コボルトは無理だ。みんな怖がりだから。スライムは、論外。足が遅いバリケードまで逃げ切れないだろう。シルフは砂嵐のために消耗してほしくない。というか、ゴブリンが追いかけてくれるか微妙である。強いし。となれば、消去法として。

「俺が、餌になるのが一番か……」

「なんと！　主様が囮などとんでもない！　この私めにお任せを！」

「だめだ。お前はバリケードで指揮をとれ。回復役が怪我されたら困るんだよ」

「しかし、主様に万が一があれば！」

「それはわかる。だがほかに適役がいない。大丈夫、俺だって死ぬつもりも怪我するつもりもない。さっさと逃げて引き込むさ」

　シャーマンのあごを撫でる。くぅんと鳴かれるが、意見を変えるつもりはない。

「……どうか、ご無事で」

「ああ、みんなを頼むぞ」

　足早に去っていくシャーマンの背を見送って、俺も準備に入る。さすがに俺一人では足りないだろう。餌役の同伴を選ばねば。

　こうして、俺たちの最初の防衛戦は始まった。

二話　ガーディアン雇用制度

最初の防衛戦が終わった後。一部例外を除いて、皆ダウンしていた。例外というのはスライム・クリーナーのこと。あいつらは今もまき散らした砂を清掃している。

かくいう俺も疲労の極致。コアルームの例の椅子を使って回復中だ。とにかく体は重く、頭は痛い。冷たい石の椅子が、疲れからくる熱を抜いてくれる。コボルトたちが作ってくれた座布団が、なんとも尻にありがたい。柔らかいツタを編んで作ったもので、硬さはあるが石ほどではない。

今度、狩りで手に入れた毛皮で背もたれのカバーも作ってくれるらしい。とても嬉しいが、正直蛮族王の椅子っぽくなる気がする。獣の頭骨でも頂点に飾れば完璧だな。

そのコボルトたちも、今は寝ている。怪我をしたものはシャーマンの治療を受けた。刺されたり斬られたり殴られたりしたが、致命傷がなかったのは幸いだった。襲撃前に作った夕飯も食べた。呪文も使った。明日にはある程度元気になってくれる、と思いたい。

最大の戦果をあげたシルフだが、現在は見張りに戻っている。コアとの契約と自然の風さえあれば体力も魔力も回復するらしい。……索敵、迎撃、維持コストの少なさ。コイン十枚は安かったのではないかと思い始めている俺だ。

手を広げる。そこにあるのは、二枚のダンジョンコイン。今回の戦いで得たものだ。あれだけ苦労して、たったの二枚だ。泣けてくる。ゴブリンたちから奪ったゴミのような武器や物資を加えても、命の危険とは全く釣り合わない。

「戦力の、拡充をしよう」

暴力はすべてを解決する、などと寝言は言わないが。もっと戦力があれば、こんなに苦労はしなかったのだ。最低限、壁役と攻撃役を一枚ずつ欲しい。ヤルヴェンパー女史に相談しよう。……もしかしたらもう勤務時間外かもしれない。そのうち時計も買わないと。

ともあれ連絡だ、と立ち上がろうとした刹那。小さなベルのような音が、背後から鳴り始めた。コアと、本を載せた台座がある場所だ。

振り返る。台座の上にある本のうちの一冊が、淡い光を放ちながらベルを鳴らしていた。……クソカタログの方が。

「えええ……」

うめく。ウルトラ係りたくない。厄介事の匂いしかしない。本当はとっくに処分したかった。焚き付けにしようと一番後ろのページを千切ろうとしたが、どれだけ引っ張っても無理だった。しわすらつかなかった。

ほっといたら鳴り止まないかな。そう思って、無視してみる。ベルが鳴る。ベルが鳴る。ベルが鳴る。目を閉じて耐える。

「わうん?」

なんということか。コボルトが一匹、起きてきてしまった。あの黒毛のコボルトだ。安眠妨害とは許し難い。とりあえずコボルトには手を振って戻るように伝える。

ため息をついて、台座の前に立つ。本を開く。光り輝く窓が現れ、人が映し出された。美形である。灰色がかった銀色の短髪。カミソリのような鋭い印象を、整った礼服が強めている。その男が、微笑(ほほえ)みながら話しかけてきた。

「初めまして。デンジャラス&デラックス工務店のヨルマ・ハーカナと申します。新たなダンジョンマスター様でいらっしゃいますか？」

「……どうも。ダンジョンマスターのミヤマです。ご用件を伺います」

「はい！　当工務店は開店以来三千年、各ダンジョンマスター様に様々な設備を提供させていただいております。生活、防衛だけに止まらずダンジョン周辺の資源活用。さらには経済活動のサポートなどなど！　ご苦労の多いダンジョンマスター様に少しでもお手伝いをさせていただけないかと、このようにご連絡させていただきました」

快活に、丁寧に。慣れているのだろう、流れるように出てくる言葉の数々。元量販店店員だからわかる。教育が行き届いている。なるほど、やり手のようだ。とはいえ、俺のやることは一つ。

「うちは間に合ってますので」

電話セールスにはこの手に限る。本を閉じようと手をかける。

「お、お待ちください！　えー、その、生活でお困り事はありませんか？　トイレ、お風呂、ベッド。衣食住、足りないものが多いと思うのですが！」

イケメン、慌てる。かなり慌てる。さっきまでの余裕がぶっ飛んでいる。この返しをやられたことはなかったか。

「ないことはないですが、まあなんとかやってますので」

ともあれ、話すことはない。本を閉じようと手をかける。

「もっと便利を目指しませんか⁉　最新技術の粋を尽くした我が社の製品は、きっとご満足してもらえると確信しております！　防衛設備の種類も豊富ですよ。　単純な足止めから一撃必殺のトラップまで。どうぞ、カタログをおめくりください！」

「金がないので結構です」

問答無用の札を出す。これで黙ると思いきや、イケメンここで表情に余裕を取り戻す。おおっと、何か新しい札が出せるようだ。

「なるほど、そういうことでしたか！　いやあ、強いモンスターはお高いですからね。ダンジョンメイカー様からの初期資金もあっという間に底をつくというもの。ご安心ください。通常の業務外ではありますが、マスター様のサポートこそ我らの使命！　様々な副業プランをご提案できます」

「副業」

さすがに、これは聞かないと断りを入れるのは難しいか。閉じる動作を止めたせいか、イケメンは我が意を得たりとばかりにしゃべり出す。

「はい。ダンジョンマスター様ならではの副業。最も簡単で、手間いらず。安定でスタンダード。ゴブリン養殖などはいかがでしょうか」

「ゴブリン……養殖？」

「ええ。初期投資は一コインと少々で済みます。普通にゴブリンを契約雇用。私どもで用意しました人間奴隷を購入していただいて、これを与えます。後は勝手に増えるので、数がそろったらゴブリンを売る。儲けは正直たいしたことありませんが、管理の手間がいらないのが素晴らしい。防衛には不向きですが囮には十分。外に放って撒き餌にするなり周辺勢力を害するなり。役立たずなりに使い道はあるものです」

……こいつは、何を、言っている？

「ある程度使っていると奴隷も壊れますが、ここでセット運用をお勧めするモンスターがおりまして。ゼノスライムというスライムの一種なのですが。こいつらは生物に卵を産み付け、それを苗床にして増殖するんですね。まあ、餌の状態で最初の体格が決まってしまいますが成長しますし。こいつらはなかなかの攻撃性を持っています。初期投資のコストが増えますが、二匹目以降は低コストで増やせるという。いかがでしょうか？」

いかがもクソも。このヘラヘラ笑うろくでなしに、俺はどんな表情を向けているのだろう。頭が煮えてよくわからない。

「……あんた、正気か？　なんでそんなひどいことを言える」

「はい？　……えー、何かおかしなことでも申し上げましたでしょうか？」

心底わからないというツラをするイケメン、いや、クソ野郎。

「あんたも、人間だろうに」

「ご冗談を！　……ああ、そうですね。ミヤマ様は我々のことをご存じない。勘違いされるのも無理はない。我々はハイロウ！　ダンジョンの子！　資質が違う、能力が違う、保有する何もかもが低俗な者どもを凌駕(りょうが)している！　……それをわからぬ愚者たちは、我らを魔族などと呼びますが。まあ、すぐにミヤマ様もご理解なさるでしょう。ダンジョンマスターになったことがどういうことか。そしてそれに対して人間どもが何をするか。知ればきっと、人間だのなんだの気になさらなくなりますよ」

……もはや言葉が出てこない。思い出せない部分はさておくとしても、今までの人生でこれほどまでのモンスターと出会ったことはなかった。異質、怪物という意味でのモンスター。話が通じない、こちらの言葉を聞こうとしない。そういうレベルではない。

価値観が違う。常識が違う。環境が違う。つまり、生きている世界が違う。これこそ、本当の意味で異世界というべきだろう。

「ミヤマ様。我らハイロウも、このアルクス帝国もダンジョンの恩恵で生まれ強大に育ちました。故に帝国はダンジョンのために存在する。マスターを縛る法などないのです。マスター間での約束事はありますが、互いに迷惑をかけないとかそういう些細(ささい)なものにすぎません。お好きに振る舞えばよろしいのです！　……ですので、何かご要望がございましたらなんなりと。可能な限り対応させていただきます」

これ以上、こいつの話を聞いていたらどうにかなってしまいそうだ。問答無用で本を閉じようとした刹那。

「……どうやら、ミヤマ様はダンジョンマスターであることがお辛いようで」

などと、いまさらなことを言ってきた。

「……あ？」

は？　と声をだしたつもりだったが、過去最高に不機嫌を形にした音が出た。だが、ヤツは構わず寝言を吐き出す。

「わかります。ええ、わかりますとも！　平和な世界から無理やり連れてこられ、殺し合いを強要され。挙句の果てにダンジョンからは出られない。住居環境は最悪を通り越して人の住めるような状態じゃなく。外は怪物だらけで襲撃までしてくる。さらに自分はモンスターからパワーアップ用餌として見られるとあっては！　めげるのも無理はありません」

痛ましい。心中お察しします。私は心底そう思っておりますよと、親身になっていますよ、そういう演技をしてみせる。大根だ。目が笑っている。見下している。

「なればこそ、せめてもの癒しになればとお勧めしているのです。それに、ええ。もしダンジョンマスターであることに耐えられないのであれば。辞めることが、できるのです。自分の子孫に譲渡することで……」

力いっぱい本を閉じた。光の窓が消え、耳障りな話も止まった。本を両手でひっ掴み、全力で壁に叩き付けた。

「やっかましいんじゃこのクソボケがぁーーー！」

踏む。蹴る。蹴っ飛ばす。追いかけてさらに蹴る。踏む。踏みにじる。

「人が必死で我慢しているもんをズケズケと！　ああそうだよその通りだよ！　誰が好き好んでこんなことやってるかボケがぁ！」

もう一回持ち上げて反対側の壁にぶち当てる。

「でもしょうがねぇだろ！　やるしかねぇんだよ！　こんなとんでもねぇもんを、ポンと押し付けられるような奴が黒幕だぞ！　コアがなきゃ無能の俺が、ちょいとあらがった程度でどうにかなるか！」

壁を殴る。椅子を蹴る。手が痛い、足が痛い。構わず殴る、さらに蹴る。

「何よりてめぇら信用ならねぇんだよ！　値段はぼったくり！　クソ怪しい裏ビジネス！　金利不明の金貸し！　人間は消費資源扱い！　そんなてめぇらの口車に乗って、その後無事でいられるなんて思うほど馬鹿じゃねぇぞこっちは！」

ダンジョンマスターであるからこそ、人間を見下すあいつは俺を（内心どうあれ）丁寧に対応した。じゃあ、ダンジョンマスターじゃなくなった俺を、あいつはどうする？

「あーもう、あーもう、二度と電話してくるんじゃねぇぞクソが……」

戦闘の疲労がぶり返してきたようで、頭がふらつく。石の椅子に座る。そう、結局俺はこの状況に流されるしかない。このレールは強固だ。三千年。ふかしにしては数字がでかい。……あのクソカタログ、焚き付けにする時、奥付を見た。確かに、そんなけったいな数字が並んでいたことを覚えている。

確かめるすべはほとんどないが、連中が出す情報は基本的に嘘も矛盾もないように思う。この体に起きていることは間違いなく事実だ。ちょっとやそっと、思い悩んで一発逆転できるようなものなら、とっくの昔に誰かが全部ぶっ壊していることだろう。

思考を放棄し、レールの上をただ走れば楽になれるだろうか。いっそあのクソの言う通りにやっていれば、バカで便利な道具として生きていけるかもしれない……いや無理だ、やっぱあいつは信じられない。

ヤツが信じられないなら、ヤルヴェンパー女史は？　……少なくとも、見下されたことはない。相談も真摯（しんし）に対応してくれた。彼女自身は信じよう。信じたい。……ただ、人間に対するスタンスだけは確認しておきたい。彼女も、あのハイロウとかいう種族？　かもしれないし。

眉根にしわ寄せてうなっていると、前方から気配がした。

「わう……」

さっき起きてきた、あのコボルトだ。……そうか、俺が騒いだからまた様子を見に来たのか。耳が伏せている。怯（おび）えさせてしまったか。

「騒いで悪かったな。もう大丈夫だ、戻って寝ろ」

手で戻るように促すが、今度はその場から動こうとしない。再度促しても、同じ。ううむ……。しばらくお見合いしたのちに、今度は手招きしてみる。恐る恐る、近づいてきた。

頭を撫でてやる。なお、この時に耳を触ってはいけない。シャーマンからこそばゆいのでできれば触らないでほしいと言われたのだ。くぅんくぅんと鳴くコボルトを見て、あらためて思う。こいつらを見捨てるなんてできない。

「ダンジョンはコボルトから始めよ、か。この世界の昔の人はいいこと言ったもんだ」

「わう？」

「気にするな」

わしゃわしゃわしゃ、と頭を撫でる。……椅子の力でだいぶ疲れは取れたが、それでも今日は限界だ。色々ありすぎた。戦力増強は明日だな。立ち上がって、コボルトと共にコアルームを後にする。

俺は、ダンジョンマスターを続ける。

／＊／

朝が来た（ダンジョン内に日は差し込まないが）。朝飯作った。みんなで食べた。モンスターたちは日常業務へ。俺は、身だしなみを整える。

髭剃り用とはいえ、ナイフでやるのは結構怖い。とはいえ、無精髭で女性の前に立つのはなんとも格好がつかない。泡を立てて、口元に塗って髭を剃る。

この世界、所謂中世ファンタジーからだいぶ外れているように思う。魔法の冷蔵庫もそうだし、今使っている鏡もだ。はっきりと映る鏡というのは昔はなかったらしい。何かで読んだ……ラノベで読んだ。ううん、調べておけばよかった。スマホがないのは不便だ。

ともあれ。ダンジョンコアはレアものらしいので例外とするにしても。商店でこういうものが買える時点で、技術や流通はだいぶ進歩しているのではなかろうか。ダンジョンから出られないのでこれ以上の確認はできないが。

「……よし」

今日は失敗しなかった。顔に赤い線が入っているとアレだしな。まあ、ダンジョンマスターの力で一時間もしないうちに消えるんだが。

洗濯した作業着、ヨシ。寝ぐせ、ヨシ。髭、ヨシ。鼻毛……。

「……ハアァックショイ！　……ヨシ！」

ムズムズする鼻の下をこすり、もう一度鏡を見る。問題ないのを確認して、コアルームに向かう。

到着したらカタログを開いて、呼び出し。しばし待つと、いつものように画面が現れた。

「こちら、モンスター配送センターお問い合わせ窓口です。おはようございますミヤマ様」

ヤルヴェンパー女史、朝から輝く笑顔で対応である。さすがに二連続やらかしはない。残念。

「おはようございます。朝早くからすみません」

「いいえ、業務時間内ですしこれが仕事ですので」

時計買わないとなー。というか業務時間は八時半から五時半でいいんだろうか。いや、そもそもこの世界、この星は一日二十四時間なんだろうか。疑問はいくらでも湧いてくるがいつも通り横に置いておく。

「えーと、自然洞窟部分の初期整備は順調。最低限の食料調達もできてます。住居環境もとりあえず整えました。そろそろ、戦闘用モンスターを雇用しようかと。先日、初襲撃もありましたし」

「初襲撃。被害はどの程度でしたか？」

「おかげさまで、ケガしたコボルトは出ましたが治療済み。死ぬほど疲れた程度で済みました」

「それは。初撃退おめでとうございます」

しばし、昨日のことについて情報交換をした。自分が釣り餌役をやったり殴り合ったりした話をしたら、表情を曇らせた。

「なるほど。壁役と攻撃役が欲しいというお話はもっともかと。多くを雇うのは負担が大きくなりますから、ここは強いモンスターを一体ずつ、でよろしいですか？」

「ええ、そういう感じで。それで、ですね」

ちょっと、気合を入れる。さて、彼女はどう出るか。

「人間を餌にするようなモンスターは、ナシにしてください。うちのダンジョンにはいりません」

画面の向こうの表情が、真剣なものになる。

「……そういったモンスターは、コスト面で優れていたり強かったり特殊能力があったりするのですが。それでも、選択肢から外す、でよろしいのですね？」

「はい、構いません」

互いに、これ以上なく冗談抜きの表情で見合う。……そして、彼女がお辞儀した。

「かしこまりました。では、そのように対応させていただきます。……参考までに、何故そのような結論に至ったかお聞きしてもよろしいですか？」

俺はしゃべらない。ただ、本を持ち上げて彼女の画面をとある方向へ向ける。部屋の隅に転がったままのクソカタログに向ける。

「見えますかね？」

「……なるほど、よくわかりました」

本を台へと戻せば、彼女は苦笑を浮かべていた。

「いちハイロウとして、同族の失礼をお詫びいたします」

「他社のやったことです。貴女が詫びることじゃないですよ。ただ、あらためてあそこを利用する気が失せました。心底」

はっはっは、やけっぱち気味に笑ってみせる。もうあの本、穴掘って埋めておこうかな。ヤルヴェンパー女史、ぽんと手を合わせる。

「えー、では。お勧めできるモンスターですが、まず防御の方から。ミヤマ様のダンジョンには水が湧き出る場所があるということですので、こちらはいかがでしょう」

彼女が手を動かすと、なんと本がひとりでにページをめくり出す。いまさらながら、これは魔法の本なのだろうなぁ。こうやって連絡できるし、あっちのクソカタログのように頑丈でもあるし。

……そうか、頑丈ではあるんだよな、アレ。

『マッドマン　五コイン　泥の精霊です。同時に、水と土の精霊でもあります。土の精霊のように物理的な壁となることができます。ですが泥なので崩れやすくもあります。しかし水の精霊でもあるので、あっという間に元の形を取り戻します。無理に通り抜けようとすれば、体に泥がまとわりついて相手の行動を阻害することが可能。その状態でも、別にマッドマンは倒れていないので攻撃も行動阻害も思うがままです。それほど強力な攻撃はできませんが、やりようによってはベテランの戦士すら倒すでしょう。呼吸ができねば大概の生き物は死ぬのです』

さらっとえぐいことが書いてある。しかし、なんというか壁役になるために生まれてきたようなスペックを持っているなこいつ。……田んぼがあれば別の活躍方法もあったのかもしれない。その場合名前は泥田坊だろうか。

「沼さえダンジョン内に用意してやれば、まず倒されることはありません。ダンジョンがある限りいくらでも復活してくれますよ。精霊殺しみたいな理不尽な魔法や能力、魔剣などを使われない限りは」

「使う奴は使ってくるってことですねわかります。しかし、うん。お勧めされるだけありますね」

シルフと同じく食事不要というのがありがたい。大変なんだもの、朝昼晩のごはんの準備。この後、何体か別のモンスターも紹介してもらったが、壁役はこのマッドマンにすることにした。ただ、召喚はダンジョン内に沼を用意してからということに。……虫とか湧きそうではあるが、スライム・クリーナーがいるから大丈夫だろう。

「それで、攻撃役なのですが……ご予算、いかほどでしょうか？」

「むむ」

初襲撃の報酬合わせて二十七枚。マッドマンに五枚で二十一枚。すべて使うのは論外。弱い奴を呼んでも意味はない。ある程度思い切った投資は必要。それを考えると……。

「コイン、十枚で」

絞り出すように声を出した。いよいよ財布の底が見えてきた感じである。ゲームなら初期資金全部使って限界まで装備を調えるものだが、これはリアルで生活がかかっている。収入が安定しない以上、多少の蓄えは常に持っているべきだ。

「かしこまりました。でしたら……ミヤマ様に、お勧めの制度があります」

彼女は、完璧な営業スマイルでこう言った。

「ガーディアン雇用制度、というのですが」

／＊／

ガーディアン雇用制度。モンスターではなく、人間や亜人とダンジョンコアを通して契約する制度。契約方法はモンスターと同じ。衣食住ダンジョンマスターが世話をする、というのも同じ。蘇生費用もダンジョンマスターが支払うが、復活させるかどうかはこちらが判断する。蘇生代は本人の能力によって変動する。

給与は原則発生しない。ダンジョンに住むことが報酬。これははるか遠い昔、ダンジョンが最も安全だった頃からの伝統だとか。とはいえ、時代にはそぐわないので現代においてはダンジョンの収入が安定してから専門家と相談するのが一般的。つまりウチのダンジョンでは無給労働となる。

悩ましい。まず、無報酬というアホみたいな話で人が来てくれるかという大問題がある。まあこれはヤルヴェンパー女史が大丈夫だと言ってくれているので、俺は考えないものとする。

次の問題。モンスターより明らかに手間がかかる。なんといっても意思を持つヒトだ。性格の不一致、コミュニケーションの失敗による不和、労働環境への不満……う、頭が。

そう、ガーディアンとかいっているがつまるところ人を雇うということなんだ。生半可なことじゃない。デメリットはヒトであること。メリットもヒトであること、か。

「面接は……させてもらえるんでしょうか？」

「もちろんです。あくまでこちらは、ふさわしい人物をご紹介するだけですので。……ただその、人の流動が激しいためカタログで人材を紹介できないのが申し訳ないのですが」

つまりギリギリにならないとどんな人が来るかわからんということか。……まあ、合いそうにない人は面接ではねればいいわけだ。●●様のより一層のご健勝とご活躍を心よりお祈り申し上げます、という……古傷がうずく。こんな記憶ばかり残っているというのが嫌すぎる。

「……コイン十枚となると、うちの最大戦力シルフ・エリートに匹敵する、と？　そんなヒトいるんですか？」

「はい、もちろんです！　魔法、奇跡、武芸。技術に熟達した者を責任持ってご紹介させていただきます。今回ミヤマ様のダンジョンが必要とするのは物理的な攻撃能力の持ち主でしょうから、そういったヒトをご紹介させていただきます」

さすがはファンタジー世界。ヒトの持つ戦闘力がモンスターに匹敵、それ以上になるとは。レベルアップ、とかはないよなこの世界。そんなにわかりやすいなら苦労はない。

かなり悩む。かなり悩むが……とりあえず、制度を利用することにした。雇うかどうかはこちらで決められるのだから、最悪モンスターに切り替えてもいいと言われたし。

「じゃあ、一つよろしくお願いします」

「はい、かしこまりました……と言いたいところなのですが」

おっほん、と咳払い一つ。ヤルヴェンパー女史、まじめな顔で指を一本立てる。

「ヒトを迎え入れる以上、生活の場があることが必須条件です。モンスターはかなりタフなのでそのあたりある程度雑でも構わないのですが、ヒトはそうはいきません」

「まあ、そうですが。えーと、一応、俺こうやって生きているのですが」

「ダンジョンマスターのみ使用できる生活環境、ではガーディアンを迎え入れるのに不都合があると申し上げています。というわけでして、一度そちらにお邪魔してチェックをさせていただきたいと」

「なんですと?」

思わず聞き返す。いや、別にやましいものは何もない。やましい思いも、もちろんない。だが他人を、ましてや女性を自分の生活空間に招き入れるなどというのは身構えて当然じゃあないだろうか。

清掃、片付け……大丈夫。清掃はスライムが、片付けはコボルトがまめにやってくれている。今招いても問題は……ない、はずだ。

「不都合があるならもちろん取りやめます。ですが当然、ガーディアンの紹介は……」

「や、大丈夫です。どうぞ、おいでください」

「……いいんですか?」

「新戦力の加入は死活問題なので……」

「本当に、いいんですか⁉」

ドアップになってかなり食い気味に聞いてくる。うーん、アップでも絵になるヒトは限られているというが、ヤルヴェンパー女史はそちら側にいらっしゃるようだ。なんでこんなにエキサイトしているかは不明だが。

「大丈夫ですから、どーぞおいでください」

「では早速！　……いえ、ちょーっと準備してまいりますので、またこちらからご連絡差し上げますね？　すぐ戻りますから！　すぐ！」

それだけ言い切って、通信が切れた。……そういえば彼女、一番初めの時にドジってたっけな。

……もしかして、テンション高い方が素か？

それから、しばらく。時計がないから具体的な時間がわからないが、せいぜい三十分程度か。モンスターカタログから呼び出しのベルが鳴った。

「はい、ミヤマダンジョン……」

「お待たせしました！　早速お邪魔させていただきたいのですが！」

なんかこう、明度二十パーセントアップみたいにヤルヴェンパー女史が輝いている。あと、画面端に同じ制服っぽい男女（全員イケメン＆美女）が複数人見切れているんだが。……まあ、いい。ツッコミいれて長引かせてもアレだ。

ヒトをダンジョンに招く方法はそれほど難しくはない。カタログの表紙に手を置き、頭の中でいらっしゃいませと招くことを思い描くだけ。後はいつものごとくコアと本がやってくれるとのこと。

実際やってみると、すぐに反応が現れた。床に現れる半径一メートルの模様、魔法陣。赤い輝きが数秒にわたって段階的に強くなり、大きく光った。

現れたヤルヴェンパー女史は、やはり目を奪われるほどに美しかった。つややかな黒髪、魅惑的な琥珀色の瞳。そして抜群のプロポーション。こんな状況でなかったら恋に落ちていたかもしれない。こんな状況だからこそ、自制できている。

さてそんな女史なのだが……大きな手提げ袋を持っていらっしゃる。袋から見えるほどに詰まっているのは、何かの果物だろうか？　だがまあ、これはいい。問題は彼女の表情だ。半泣きである。

「……いらっしゃいませ。えー、こういう形で会うのは初めてですね。いつもお世話になっております。……で、どうかされましたか」

「いえ、その……仕事で行くのにはしゃぎすぎだと上司に叱られ……注意を受けまして、はい。あ、これ、ダンジョンの皆様とどうぞ」

「これはご丁寧に」

通信から召喚までのわずかの間に事件が起きていた模様。まあ正直、あのテンションは絡みづらいというか、対処に困っていたので助かる。ありがとう、上司さん。

「じゃあ、どこから見ていきますか」

「まずは居住区から……と、その前に」

彼女はダンジョンコアに対して胸に手を当てて一礼した。数秒頭を下げ続けたところを見るに、かなり丁寧にやっている。まるで貴人や神への振る舞いだ。ダンジョンに来ると決まった時のは

しゃぎぶりといい、何かあるのか。

「お待たせしました。それでは、よろしくお願いします」

　コアルームから延びる洞窟をまっすぐ。自然洞窟に出たら左。俺たちの居住区にたどり着く。あるのは大きなテントが一つと、小さなテントが二つ。かまどを含めた調理場。俺用の椅子。コボルトたちの休憩場所。

　ヤルヴェンパー女史の目は、まずテントへ向けられた。

「洞窟内に、テントを建てているのですか」

「朝方になると結露で水が落ちてくるので」

　このダンジョン水が染み出ている関係上、湿気がある。朝になるとそれが冷えてぽつぽつ落ちてくるのだ。これが寝ている時に直撃すると一発で目が覚める。まだ寝ていたいのに。そういうわけで、テントを買った。

　コボルトたちには大型のテント。三十四雑魚寝（ざこね）しても全然余裕の大きさ。さすがに全員分のベッドは買ってやれなかったので、フォークリフト用のパレットのように見える荷運び用木板を床に敷いてやった。地面から離れているので底冷え対策になる。その上にこいつらが自分たちでとってきた枯葉を敷いて寝心地を良くしている……朝起きてくるとそれが毛に絡まっているので取るのに一苦労である。改善しなければならないところだと思っている。テントの外のコボルト休憩所も作りは一緒だ。

　自分用にはシンプルなワンポールテント。名前の通り棒一本を中央に立て、三角形の布を張るタイプだ。地球にいた頃似たやつを持っていたのでこれをチョイス。いろんなタイプを取り扱っているからケトル商会侮れない。もちろん、アウトドアベッド（と、よく似たもの）も買った。

コボルト・シャーマンも同じものを買ってやってある。あいつのテントはここ数日ですっかり祈祷師のねぐらと化している。薬草、羽根、トーテムポール、骨などなど……同族だというのにほかのコボルトは気味悪がって近づかないありさまである。

「さすがにまだ、ガーディアンの人用のテントはありませんので、これから用意します」

「はい、お願いします。……うーん、ミヤマ様のテント、小さいですね。これはちょっといけませんん」

「……何がまずいのでしょう？」

「ダンジョンマスターは、ダンジョンの主。上に立つお方です。部下を従えるのですから、相応のものを使用する必要があります」

「……できれば節約したいんですけどね。あと、コボルトたちより大きなテントは、スペース的にも辛いんですが」

これから人が増えるのであれば、生活費だって相応にかかる。大きな支出はなるべく避けたい。

「そこは、豪華さで差を付けましょう。ガーディアンのテントはその次の品質で。ダンジョンの主戦力を担う人材です。相応の待遇が必要なのですよ。その人にとっても、モンスターたちに対しても」

「なるほど」

つまるところ秩序維持。生き死にの係るこの場所では、それをきっちりやっておかないと全員が困るというわけだ。自分のテントからメモ帳（この世界には筆記に耐えうる紙がある！）を持ってきて買い物リストを作り始める。

ヤルヴェンパー女史のアドバイスはしばらく続いた。生活必需品一そろえ、最低限の家具、わずかでも嗜好品を……等々。

モンスターたちと寝食を共にしてきたが、共同生活をしているというよりたくさんのペットを抱えている気分があった。しかし、これからは明確な他者との共同生活。家族ではない、もちろん恋人でもない誰か。

アパートの隣室、物音一つで喧嘩をするのが人類だ。相応に気配りとマナーが求められるだろう。一応、立場は俺の方が上ということになるとはいえ気が重い。だが泣き言など言っていられない。命がかかっているのだ。

「……と、いったあたりが要改善項目でしょうか」

「はい。早急に取り掛かります」

一通りのチェックを受けた。メモ用紙数枚分の項目があるが、まあどれも無理ではない。多少は気持ちも軽くなる。

「では、残りの部分の視察へ向かいたいのですが」

「よろしくお願いします。……大したものはありませんが」

「いえいえ！　自然洞窟をわずかな期間でここまで整備したのはすごいことですよ！」

「まあ……コボルトたちが頑張ってくれたので」

二人で洞窟入り口に向かって歩いていく。……何か話していれば、意識もしないのだが。やはり彼女は魅力的だ。ちょっとしたしぐさ、姿勢、手の動かし方一つとっても整っている。そういう教育を受けなければこうはならないだろう。自分の中に残っている記憶では、彼女のような人はいなかった。

良いところのお嬢様、なのかもしれない。手の届かない高嶺の花。そうであってくれた方がむしろいい。うっかり気持ちが転がったら事故になる。色恋にうつつを抜かせる状況じゃないのだから。

気持ちを切り替える。先ほどから、彼女はダンジョンを非常によく観察している。……本来ならばただの通り道。最低限の処置をしただけにすぎない。だけど彼女はその一つ一つを見抜く。水たまり、段差、低い天井。俺とコボルトたちが手を加えた部分を、まるで見ていたかのように。

「ヤルヴェンパーさんは、ダンジョンに詳しいのですか？」

「えー、勉強はしました。数度、入らせていただいたこともありますが詳しいとはとてもとても」

まあ、仕事に係ることだから学びもするだろうが。それにしても、さっきのはしゃぎようといい、この注意力といい。彼女には……彼女たちには何かある。あの腹立たしい工務店の男が口に出していたハイロウという言葉。おそらく、あれと関係があるのだろうが……さすがに、直接聞くのははばかられる。仕事中ということもあるし。

しかし、ほかの誰かに聞くのも難しい……あ、いや、いるわ。ビジュアル的にわかりやすい別種族な人が。後で聞いてみよう。

「あ、コボルトたちがいますね」

彼女の声に目を向けてみれば、そこは今日の作業現場だった。つるはし、ハンマー、シャベル、一輪車などいろんな道具を使いながらコボルトたちが洞窟を整えている。

「うんうん、みんな元気よく働いていますね。大変素晴らしい」

「ええ。コボルトたちには本当に助けられています」

「それもこれも、ミヤマ様が正しくダンジョンマスターとして頑張っていらっしゃるからですよ！」

元気いっぱいにヤルヴェンパー女史が言ってくださる。正しく、か。

「できる限りをやっているだけなんですが」

「コボルトたちは臆病です。ダンジョンマスターが怖かったりすると、それだけで上手く働けなくなります。この短期間でこれだけの作業ができたのも、ミヤマ様がコボルトたちにとって頼れる存在だったからこそ」

コボルトたちが、俺を見る。目はきらきら。尻尾はぶんぶん。なるほど、確かに。

「……こいつらに認められる程度には、ダンジョンマスターをやれているようです」

「ええ、これで私も確信が持てました。上へも良い報告ができそうです」

彼女が、背筋を正して俺に向き直る。

「生活環境は、当日までに整えていただくとして。それ以外の部分についてはガーディアンの派遣に問題ないと判断します」

そして、奇麗な一礼を見せてくれた。

「素晴らしいダンジョンをありがとうございます、ミヤマ様。必ずや、良きガーディアンをご紹介させていただきます」

／＊／

「では、近日中にご連絡いたします。必ずや良い人材をご紹介いたしますのでご期待くださいね！」

「はい、よろしくお願いします」

コアルームにて、ヤルヴェンパー女史をお見送りする。

……なんだか、かなり気合が入っていたな。それはさておき。まずはマッドマンのための沼作りだな。コボルトたちに頼めば何とかなるだろう。

「……いや待て。せっかくここにいるのだし」

台座の上、コインが入っている小箱から名刺サイズの金属カードを取り出す。こちら、ヤルヴェンパー女史からこの間もらった魔法のアイテム。カードには本と同じように魔法陣じみた模様が刻まれている。こいつに魔力を通すとあらかじめ設定された場所に通話が繋がる。通話紋、と呼ばれているらしい。

正直、魔力の通し方とかさっぱりわからない。ただ、指で触れておりゃー、とそれっぽく念じるといけてしまう。たぶんこれもコアの力なんじゃないかと。

「はい、こちらケトル商会……おやあ、ミヤマ様。本日はどのようなご用件で？」

そう。このカードは様々な物資の調達先、ケトル商会に連絡できるアイテムなのだ。で、出たのが外見四十台のやや痩せたオッサン、名前をレナード。このレナード氏の最大の特徴は、耳が狐のソレになっていること。そう、彼は獣人なのだ。頭にではなく、人と同じ部分が獣耳になっているタイプの獣人なのだ。とても大事なことなので詳しく言った。

ちなみに尻尾もある。オッサンのシッポとかあまり嬉しくない。だが大事なことでもある。女の子の獣人もきっとそうであると期待が持てるからだ。……いや、いかん。どうもリアル獣人を見ると変な情熱が湧き出てくる。びーくーる、びーくーる。

「どーも。お世話になっています。今日もちょっと欲しいものがありまして」

「はいはい、ありがたいことで。今日は何が入り用ですかね……と、そうだ。移動系と罠系の出物があるんですが、ご覧になります？」

「いやー、まだちょっとそっちには手が出ないかなー」

このレナード氏一体どんなツテがあるのか、なんとあのクソ工務店が取り扱っている品物を中古で仕入れてくるのである。

本来であれば、安いからと言ってそういうものに手を出すのは控えたいところだ。生産者に還元されないし。が、あの工務店は俺の中でエネミー認定である。連中にはコイン一枚も金貨も一枚だって払いたくない。

そんな気持ちもあって、このケトル商会を利用する俺なのだ。財布が厳しい今現在、安さは生命線である。

「それは残念。必要になりましたらぜひともお申し付けを」

「その時はよろしくお願いします。で、今回なんですが、ヒトが増えるんで生活道具を一式頼もうかと。この間買ったあの辺をセットで」

「ほっほう、それはそれは。モンスターではなく、ヒト。ということは……ガーディアン、ですか？」

「ええ、それです。面接もまだなんですけどね」

レナード氏、にっこりと笑ってみせてくる。若い時は相当もてたろうなぁこの人。今でもかなりナイスミドルだが。

「そいつはおめでとうございます。いやあ、まさかこんなに早くガーディアンの話をされるとは。ミヤマ様、センター職員を嫁に迎えたんです？」

「はい？　嫁？」

何言ってるのこのおっさん。そりゃヤルヴェンパー女史とそうなれれば最高どころの話じゃない、奇跡ってなものだ。そしてめったに起きないからこそ奇跡。大概は寝言で終わるのである。

悲しくなってきたので現実を見る。

「なんでガーディアンの話でそんなに素っ頓狂なネタが出てくるんですか」

「だってそりゃあ……ああ、そうだった。ミヤマ様は知らなくて当然だった。申し訳ない」

ぺちん、と額を叩き表情を引き締めてレナード氏が言う。

「いいですか？　ガーディアンは各領地のツワモノが、厳しい選抜を抜けた上でやっと登録できるってやつでして。そして大概、そういった連中というのは各領地の代表、生え抜き、貴族の血族だって場合もあるんです。そういう特別なツワモノを紹介する以上、何より大事なのは信用信頼に足るダンジョンマスターかってなるわけで」
　ふうむ、そういう理由もあったのか。そりゃまあ、そういう立派な立場の人をモンスターのごと
く扱うようなマスターのところには派遣できないわな。
「ミヤマ様、まだマスター始めてそう時間たってないでしょう？　なのにそんな話が出てるから、
こりゃてっきりセンター勤めの良いところの娘さんを嫁にしてぶっとい縁でも繋いだのかと」
「あー……なるほど。いや、単純にダンジョンをセンターの職員さんが直にチェックした結果です。
そういう浮いた話じゃありません」
「おお、そうでしたか。そりゃあ、おめでとうございます。戦力が整っていようとダンジョンが立
派になっていようと、あちらさんのお眼鏡にかなわないと通りませんからなぁ。……しかしそうす
ると、そもそものきっかけはなんだったんです？」
「きっかけ？」
「ええ。ガーディアンの話は、たとえマスター側が知っていたとしてもセンターがその気にならな
ければ先には進みません。あっちをその気にさせた何かがあるんじゃないかと」
　問われたことを思い返してみる。……あの時、ガーディアンの話を振られる前に話したことと言
えば。
「あのク、……ロクデナシ工務店とケンカしたのが原因、か？」
　さすがにクソ呼ばわりは人前ではイカンだろうと自重した。

「ほう？　あそことモメたと？　詳しく聞かせてもらえますか」

片眉をつり上げたレナード氏に、先日の一件を素直に伝える。せがまれたので追加でついさっきのヤルヴェンパー女史とのやり取りも。そして彼は指を鳴らした。

「それだ、ヒト食らいの不使用宣言」

「……たったそれだけで？」

「大きいですぜ？　やれ効率だ、貧乏のうちは仕方がないだと言い訳しての同族殺し。そいつの中で言い訳が通るならなんでもやるとなれば、それこそ何をしでかすかわかったもんじゃない。ガーディアンを紹介するなんて、とてもとても」

その宣言一つで、審査が難しいとされるガーディアンの話を持ってくる？　さすがに少々厳しくないだろうか。……なんとなくだが。工務店のアレっぷりも係っている気がしてならない。違いすぎるのだ、二つの組織の空気が。

「……レナードさん。なんで工務店って、ああなの？」

「あー……まあ、疑問に思って当然ですなぁ」

しばらくうなった後、自分が言ったということは内緒にしてくださいよと前置きしてからレナード氏は聞かせてくれた。ダンジョンマスター、モンスター配送センター、デンジャラス&デラックス工務店、そしてこの国、アルクス帝国の話を。

時をさかのぼること約三千年前。歴史に一人の人物が現れる。本名、不明。種族、不明。外観、不明。目的、不明。能力、ほとんど不明。わかっているのは神秘のアイテム、ダンジョンコアを作れること。異界に自由に移動できること。人呼んで、ダンジョンメイカー。

彼（または彼女）は異界から一人の英雄を連れてきた。そしてその人物にダンジョンコアを渡し、マスターとした。いかなるやり取りがあったかは伝わっていない。ともあれ、始まりのダンジョンとそのマスターが誕生した。

始まりのダンジョンマスター。アルクス帝国を作らせ、ここまで発展する基礎を与えた人物。始祖たるその人の名もまた伝わっていない。様々な尊称で呼ばれるが、「最初」であることからオリジンと呼ばれている。異界の英雄、始祖オリジンはダンジョンを運営し戦力を蓄えていった。次々と襲い掛かってくるモンスターを糧に。

若干余談だが。ダンジョンメイカーは、始まりのダンジョンに二つの特別な部屋を追加した。ダンジョンの生み出すコインによりモンスターを召喚する部屋。それと、様々な施設を増やす部屋。のちに始まりのダンジョンから離され、様々な機能を追加され。それぞれ独立した組織となる。モンスター配送センターとデンジャラス&デラックス工務店に。

話を戻して。ダンジョンができてしばらく、多くのヒトはそこを恐れた。当然だろう。モンスターの住処で、周囲の怪物を呼び寄せるのだから。誰が好き好んで行くだろうか。……しかし、欲深い者たちの考えは違った。その恐ろしい力を己のものにしようと企むそれらは、ダンジョンへ潜っていった。帰ってきた者は誰もいなかったらしいが。

そういったこともあり、始まりのダンジョンの恐怖は方々に伝わった。いよいよもって誰も近づかなくなる……と思われたのだが。その強さと恐ろしさに惹かれた者たちが、庇護を得ようと集まってきた。荒ぶるドラゴンを信奉するように。

オリジンは、当然ながらそれをはねのけた。しかしいくばくかの年月と交流の後に、それらを受け入れたという。

怪物が跳梁跋扈する世界において、ダンジョンという安全な世界は希少だった。人々はそこで大いに働き、また繁栄した。そして、その中で生活する者たちの中に特別に強い力を宿す者が現れた。それが、ダンジョンの子『ハイロウ』の始まりであると伝わっている。

「最初はそんなにヒトと変わらなかったって聞いてます。だけど世代を重ねていくうちに力を増していって。今じゃあ、ハイロウのはな垂れガキは、そうでない種族の熟練戦士を蹴散らします。寿命だってエルフに迫る勢い。そして、美男美女ばかりとくればもう。選民思想にどっぷりになっても不思議はありませんわ。実際、特別な血族なわけですしな」

肩をすくめるレナード氏。……エルフいるんだという俺の驚きをよそに、彼の話は続く。

ハイロウたちの数はヒトほどには増えなかった。エルフと同じ程度の増加速度だった。ハイロウはヒトだけでなく、亜人やモンスターにも現れた。能力の高いハイロウは、率先してダンジョンのために働いた。

しかし、そんな蜜月の時代も終わりが訪れる。ある時、始まりのダンジョンに住んでいた者たちはすべてその外に追い出されることになる。伝説の大放逐と呼ばれるそれが、何故起きたのかは伝わっていない。オリジンも語らない。

住人たちはダンジョンから見放された、というわけでもなかった。オリジンはダンジョンの外に街を作ることは許した。そのための支援もした。のちに帝都アイアンフォートと呼ばれる巨大都市は、そうやって作られ始めた。

　時が進み、ダンジョンメイカーの手によって各地に新たな迷宮が作られていった。それらが、始まりのダンジョンのように発展するのはまれだった。常にモンスターや略奪者に狙われる場所。防衛に失敗する者も多く、そのたびにダンジョンは消滅した。ダンジョンメイカーはそれに対して何もしない。異界から、またはこの世界から新しいマスターを用意しコアを与え続けた。

　それでも、失敗と成功を繰り返しいくつかのダンジョンが育っていった。そしてその力にあやかろうとする者たちも、そこへ集っていった。いつしかダンジョンを中心にする小集団の数はそれなりのものになっていった。

　人が三人集まれば派閥ができるという。ダンジョン同士で交流し力を合わせることもあれば、逆に争うこともあったという。特に、ダンジョンに寄り添う者たちの争いは激しく、ダンジョンマスターやオリジンは頭を悩ませた。自分たちはダンジョンを守ることで忙しい。そんな争いに係っている暇はない。

　話し合いと殴り合いの後行ったのは、国を作らせることだった。もめ事はお前たちで解決しろ。怒ったダンジョンマスターたちの号令により、しもべたちはそのようにした。

　かくして。始まりのダンジョンを中心としたマスターの寄り合い所帯。ダンジョンを頼り、同時に守ろうとするハイロウたちの国。帝国の前身、アルクス王国はそのようにして生まれた。

　ハイロウたちは当然のように、支配者階級になった。しかし、彼らは国を治めることにそれほど魅力を感じていなかった。彼らの故郷はダンジョンであり、そこで働くことこそを求めていた。

しかし、ダンジョンでのハイロウたちの席は少なかった。コインさえあれば復活できるから、死亡や怪我での交代もまれ。寿命も長く就労期間も相応。狭き門だったのだ。

ハイロウたちはその席を求めて争った。表だった殺し合いこそしなかった（法が制定されたから）ものの、それ以外の暗闘を始めた。今にまで続く、ハイロウ貴族たちの椅子取りゲームはこの時代からスタートした。

「配送センターや工務店。これらが始まりのダンジョンから独立して、今のような組織になったのがこの頃と伝わっています。ハイロウたちはこぞってここに就職することを目指しました。直接ダンジョンマスターと話せれば、そこで働くチャンスも生まれますからね」

「なるほど、そういう」

……ふと、初めて名前を聞いた時から思っていた疑問を口にしてみる。

「ところで、昔から配送センターとか工務店とかそんな名前だったんです？　なんというか、随分今風の名前に思えるんですが」

ついでに言えば地球のようだとも思える。

「いやいやまさか。昔はもっと時代に沿った名前でしたとも。大体百年から二百年おきに変えてるんですよ」

名前の変更がされるようになったのは、二つの部屋が独立した組織になると決まった頃。新しい名前が必要になった時、命名権をオリジンが配下に譲り渡したという。

偉大なダンジョンに係るそれの名を付けるのは名誉なこと。ハイロウたちはこぞってそれを求めた。最初の名前は様々な争いのうちに決定した。が、その後もその名誉を得ようとしてハイロウたちは暗闘を繰り返した。

「名前を付けたところが没落したとか、不名誉なやらかしをしたと難癖付けてロビー活動が成功すると名前変更のお祭りです」

「どんだけ始まりのダンジョンが好きなんですか、ハイロウたちは」

「それだけ慕われているんですよ、オリジン様は」

レナード氏はそう言って微笑む。俺をこんな状況に追いやったダンジョンメイカーの片棒を担いだ人物。悪印象しかないわけだが、少なくとも帝国民には相当な人気のようだ。

王国が成立していくばくかの時が過ぎ、最初の内乱が起きた。理由はいくつかあったという。王国の力を妬(ねた)んだ外国の扇動。圧倒的力を持つ始まりのダンジョンとその血族、つまり王への反抗。家同士の仲違(なかたが)い。ともあれ、内乱は起きた。それぞれ寄り親であるところのダンジョンから戦力を借りたそれは、よその国の内乱よりもはるかにひどい被害を出したという。

外国の侵攻を招くほどに。

「まあ、全部跳ね返した挙句逆撃したんですけどね。結果併呑(へいどん)されたり属国にされたのが結構あったそうです」

「内乱でガタガタじゃなかったの!?」

「地力が違いますよ、地力が。そしてこれがアルクス帝国の始まり。今に続く複雑怪奇な派閥争いの土壌となったのです」

内乱の勝敗と外国の併呑により、埋めがたい格差が生まれた。国家の領域で言えば、勝者たるアルクス王国あらため帝国と負けた各国。敗者たちは帝国の頸木を逃れるために様々な策謀を企てる。戦争に巻き込まれなかった国も、次は我が身と備え始める。

帝国内部でも、違いが生まれた。ハイロウたちでさえ、ダンジョンと繋がりがある者とない者という彼らにとって致命的な隔たりが生まれた。それのあるなしは、経済的にも精神的にも絶対な差があった。

勝者と敗者、ダンジョン、各種族。始まりのダンジョンを支え、また支援を受ける皇帝家による統治はある。厳格な法も、強大な軍事力もある。それから隠れ、あるいは手の届かないところで大小様々な争いが起きる。小競り合い、紛争など日常茶飯事。陰謀策謀挨拶代わり。時に内乱、戦争、異界侵略からの防衛。

内外争って三千年。それでもなお繁栄を続ける覇権国家、それがアルクス帝国である。

「平和って、何？」

「次の戦争のための準備期間、という悪い冗談はさておきですな。色々言いましたが、基本的には上手くやっているんです。法を守って互いに手を取り合って」

「で、隙を見て殴りかかると」

「大義名分が立てば、ですな」

「上品な蛮族どもだ」

「あっはっは、お上手ですな」

目笑ってないよレナードさん。しかし、これだけ火種があって滅んでないってどういうことだ。やはり皇帝家、さらには始まりのダンジョンがそれほどまでに強大だということなんだろうか。

「さて、それではいよいよ本題。デンジャラス＆デラックス工務店がどうしてああなのか。……ここまでの説明で、ある程度予測はつきますよね？」

「配送センターと工務店の派閥争い」

「うーん、足りません。それに加えて、工務店内部での派閥争いも追加した結果がアレです」

「ひどすぎる」

ダンジョンと縁を持てない帝国貴族たち。これが工務店内の最大派閥である。次に商業派閥。ダンジョンから生まれる様々な利益にあやかろうとする者たち。そして、有象無象の少数派閥。二派閥のやりとりの陰で利益を得ようとする者、足を引っ張ろうとする者、外部勢力からのスパイなど……。

これらが集まって、何故あのぼったくり値段になるのか。当然ながら相応の理由がある。まず、帝国の法として『貴族がダンジョンへ過度の援助をしてはならない』というものがある。金でダンジョンとの縁を買うということができないのだ。

この法が定められそうになった時、多数の貴族から反対の声が上がった。ダンジョンで働けないならせめて金銭的援助を、というハイロウも当時は多かった。しかし法は定められた。何故か。

『金貨袋で太るのはダンジョンの正しい成長ではない。止めるべし』

始祖オリジンの鶴の一声があったからである。オリジンは帝国の政治に干渉しない。しかしダンジョンに係ることは別だ。ダンジョンメイカーと同格とされる、神のごとくあがめられる存在からの言葉とあっては逆らえる者はいなかった。

ともあれ、この鶴の一声が影響しているため貴族が直接的アプローチでダンジョンと縁を結ぶのは難しくなっている。配送センターと工務店にハイロウたちが集う理由の一つである。

「この二つに入っていれば、ダンジョンマスターと合法的に知り合えますからね」

「狭き門すぎる」

「そうですね。なのであの二つで働いてるのは大抵、良家の坊ちゃんお嬢さん。もちろん中には例外もいるでしょうがね」

「エリートオブエリートって感じなんすね」

ヤルヴェンパー女史、やはりお嬢様だったか。高嶺の花が確定した。憧れは胸の中にしまっておこう。

さて当然のことながら、ただ話す程度では深い縁を結ぶには難しい。悩む貴族派閥に手を貸したのが商業派閥である。金に強い彼らは言った。譲渡はだめでも、借金は禁止されていないと。

「それかぁぁぁ！　高額設定の建築物で金を使わせ、貸元になって縁を繋ぐ、か！」

「借金返そうとあの手この手をするから、ダンジョンは鍛え上げられる。金貨袋で太るのとは違う。グレーゾーンだとは思いますが、少なくとも帝国は動いてません。商業閥は金が稼げて、貴族閥は縁が繋がる。まー、ピンキリですけど、中にはそれなりに良い関係になってるところもあるらしいですよ？　外からの評判は悪いですがね」

随分とまあ、ひどい話である。そこまでやるほどに、ダンジョンを求めるのか。他種族を圧倒する性能、大帝国の支配階級。しかしダンジョンを求める性(さが)からは逃れられない。……ハイロウというのも、難儀な種族だ。

「とはいえ、これはあくまで工務店の高額設定の主な理由の一つでしかありません。ほかにもいろんな思惑や思想でこの状況を作っているんでしょう。その辺はさすがに、自分にはわかりかねます。……とまあ、長々と語りましたがご納得いただけましたか？」

「ええ、ありがとうございました」

おかげで色々わかった。ダンジョンメイカー、あるいは始祖オリジン。上にいる誰かは、ダンジョンに強くあってほしいらしい。そのためならば、俺たちが苦労するのは許容する、と。

いつか一発殴りたい。……それこそ三千年かかりそうだが。

幕間　首都アイアンフォート

アルクス帝国の首都。その名を、アイアンフォートという。世界で最も栄える都。世界で最も歴史ある都。そして、世界で最も強き都。

帝国の誇る飛空艇に乗る機会があれば、帝都の特異な形状をその目で確認できる。見たことのない者には、大きく切り分けられた鉄色のパイと説明される。丸いパイを縦横に切り分け、さらに斜めに一回ずつ。軍隊が整列できるほどに広い通りで分けられた、八つの区画。それぞれが内政、軍事、生産、運輸などの役割を持つ。住居区画は三つあるが、この巨大な都を運営する人員を抱えるにはそれでも足りない。故に上と下に伸びている。高層建築と地下施設だ。

このような威容を持つ都は、世界広しといえど帝都のみ。初めて訪れた者は皆、異なる世界に迷い込んだように戸惑うという。それは間違いではない。この都は、国のためにあるのではない。民のためにあるのでもない。

帝都の中心で大きく口を開いた丸い穴。始まりのダンジョン。三千年あり続け、今もなお戦い続ける大迷宮。外敵をここに招き入れるため、あるいは拒むため。帝都はそのために存在している。

今日もまた、帝都に敵襲を告げるサイレンが鳴り響く。珍しいことではない。故に住まう人々の動きも慣れている。大通りを移動していた者は、即座に指示に従って周囲の区画に入り込む。避難が確認されたら、防護用の巨大な壁が地下よりせり上がってくる。瞬く間に、帝都は城塞に成り代わる。

中央区画。帝都の中でも指折りの巨大ビルディングの一つ、モンスター配送センター。その中で窓際に手若い職員たちが、手に双眼鏡を持って大通りを眺めている。

「今日は北方通りか。誰か迎撃くじ買ってたか？」

少し年配の職員の言葉に、青年が答える。

「外しました。最近ツキが回ってこないようで」

「私は当てましたよ。また一つお守りが増えました」

女性職員が、つまんだチケットをひらひらと振る。彼ら彼女らに緊張の色はない。帝都に住むには資格がいる。最低限の戦闘力を求められるのだ。己の身すら守れないような者が、始まりのダンジョンの傍（そば）に侍（はべ）るなどおこがましいにもほどがある。ハイロウたちはそう考える。

なお、話題に出ている迎撃くじとは、帝都住民の幅広い層が購入する宝くじである。八つある大通りの何処から敵が進軍してくるかを当てるもので、富裕層は当たりくじを換金せずお守りとして保有するのが最近のはやりだ。

「転移門、出ましたよ。あれは……コモンタイプ、ですね」

双眼鏡を覗きながらそう言うのはイルマタル・ヤルヴェンパー。その声色には明らかに落胆が含まれていた。

「ああ……巨人か。しかも装備が粗雑とくる」

「神の血も薄そうですね。あれでは守護騎士団だけで対応できてしまう。我々の出番はなさそうです」

大規模な侵攻ともなれば、帝都住民にも動員がかかる。それはハイロウにとって名誉なことである。このように事の成り行きを眺めているのは彼らだけではない。帝都に住まう多くの住民が、自分たちの出番はあるかと窓際に詰めかけているのだ。

そんな彼らの視線の先、帝都守護騎士団が整列する。最新の魔導技術によって製造された鎧は、装着者の身を守るだけではない。移動も攻撃も補助する、もはや一般的なそれとは全くの別物だ。居並ぶのは歩兵だけではない。ずらりと並べられた魔導砲塔。遠距離攻撃を担う銃士隊。背面を取るために、飛竜隊はすでに空を舞っている。

対する巨人は、ただ直進するだけ。通常であるならば、間違いなく脅威だ。城塞都市ですら、軽々更地に変えてしまうような大戦力。巨木そのままの棍棒、神殿の柱を凌（しの）ぐ野太い腕、すべてを踏み砕く足。暴力の化身。神々の末裔（まつえい）。巨人の軍団とは、絶望の化身である。しかし、この帝都においてはそうではない。

「守護騎士団（インペルアガード）！　進軍（アヘーッド）！」

重装歩兵が砲弾のように駆ける。大盾を構え一斉に体当たりをする様は、壁が一列に移動するかのごとく。それを足に叩き付けられた巨人はたまらない。次々に転倒させられていく。さらにその頭上に砲弾が降り注ぎ、まだ立っている巨人には銃弾が嵐のように浴びせられる。痛撃を瞬く間に受け、巨人たちの悲鳴が帝都に響く。

「……これはもう、終わりですね」

双眼鏡を下ろして、女性職員が言う。大質量をもっての巨人の突撃。それを止められた時点で敵側の勝ち目はほぼ失せた。それでなくても敵陣真っただ中に連れ込まれてしまったのだ。いかに強大無比な巨人といえど、暴力だけでどうにかなるものではない。

次々と討ち取られていく巨人。もはや動員の可能性はないとなれば、職員たちの関心は戦場から別のことに移る。今、職場で最も熱い話題に。

「……ところで、ヤルヴェンパー。例のガーディアン、候補は決まったのかな？」

全くもって、不自然極まる話題振りを年配の職員がする。周囲にいたほかの職員の表情が硬くなる。力なく笑うのは話題を振られた彼女だけ。

「ええ、まあ、一応……」

「んー、そうか？　何か手伝えることはあるかな？　幸い少し手が空いていてな！」

「ええっと、幸い今のところは特に……」

先輩のゴリ押しをなんとか流そうとする。が、彼女に寄ってくるのはほかにもいた。

「ヤルヴェンパー。低コストモンスターについて新しい情報があるんだが」

「コボルト育成術の新しい本が出たのを知ってます？」

「帝都第三ゴーレム工房にキャンセルが出たって話が……」

次々と話を浴びせられ、さしもの彼女も深々とため息をつく。

「そんなに気になりますか、新ダンジョン……」

「「当然！！！」」

異口同音。こうなるのはある意味当然の流れだった。ハイロウにとって、ダンジョンに入るということは特別である。一生入ることができないハイロウだって少なくはない。新しいダンジョンマスターから連絡があり、彼女はそこへ行ってきた。それだけでもう、職場はその話題で持ちきりだった。

「早々にガーディアンの許可を取れるほどの御仁。どのようなマスターか気ならないはずがないだろう」

「新人のダンジョンマスターがコボルトの信頼を得ているというのは、なかなかないぞ」

「まあ、そうですね……ミヤマ様は、ダンジョンマスターに必要な資質を備えていらっしゃいますよ。前向きにダンジョン運営をこなされてますし何より、身の程を知っていらっしゃる」

己の限界を知るからこそ、他者と協力できる。この世の何処に農耕や建設、商業等々を一人でできる者がいるだろうか。社会とは互いに足りないものを補い合うからこそ形成される。

ダンジョンマスターも同じ。ダンジョン運営は一人ではできない。モンスターの力を借りて初めてこなしていける。コアの力を使えば命令はできる。だが、それだけではとても足りない。戦闘で怖気付いた時、疲労で倒れそうな時、死力を尽くさなければならない時。命令だけでは、モンスターたちは動かない。モンスターからの信用信頼を得られたマスターのみが、困難を勝ち抜ける。

ミヤマにはそれがある、とヤルヴェンパーは見ている。コボルトたちから信頼されている、というだけではない。新しいガーディアンを迎えるに当たり最大限の努力をしようとする姿勢も評価できた。

もちろん、完璧ではない。足りないものの方が多いだろう。故に、だからこそ。

「支えがいのあるお方だと思いますよ」

にっこりと微笑むヤルヴェンパーに、職員たちが嫉妬の悲鳴を上げる。

「ぬうう、うらやましい！　おおダンジョンメイカーよ、始祖オリジンよ。どうしてあの時私のところに連絡が来なかったのか！」

「俺、まだダンジョン入ったことないのにー」

「私もですよー」

連絡が来たらそれはそれで魂が飛び出るほど驚くものですよ、とヤルヴェンパーは口に出さず思い返す。忘れもしない、ミヤマダンジョンから連絡が来たあの日。自分のデスクの通話紋が、新しいダンジョンであることを示す色を光らせた。悲鳴は上げなかった。だが声は裏返った。物心ついてから、あれほどの大失敗は記憶にない。

「ええと……機会がありましたら声をかけますから……」

エキサイトする職員たちをなだめる。外では、巨人の長が苦し紛れに塔のごとき巨剣を守護騎士団に投擲。しかし、強化魔法を全開にした騎士たちが迎撃し、戦果をあげることなく大地に転がる。ほどなくして巨人たちは大通りに屍をさらし、姿を消した。

帝都の、日常の風景である。

／＊／

デンジャラス&デラックス工務店には裏出張と呼ばれる仕事がある。そんな呼び名が付いている通り、一般的な仕事ではない。一般的な仕事を隠れ蓑(みの)にして、各派閥が隠しておきたい作業を行う。就業時間内に行われることなので、発覚すればもちろん処罰の対象だ。

狭き門をくぐって入った帝国最大企業。誰も好き好んでそんな危ない橋を渡ったりしない。なのでこういった作業は、立場の弱い者に押し付けられる。

その日、ヨルマ・ハカーナは日常的に押し付けられている裏出張を行っていた。彼が所属している派閥が秘(ひそ)かに囲い込んでいる、ダンジョンのチェックである。

ダンジョンから発生する利権と利益は大きい。どんなに金と権力があっても、縁がなければ大貴族でさえダンジョンに入ることはできない。それを融通するとささやけば、黄金が雪崩のように彼らの懐に飛び込んでくる。

ヨルマがそのお零(こぼ)れにあずかることは、ない。上級貴族が山ほどいるこの会社で、下層出身者である彼は異端の存在だ。派閥の末端であっても、所属していなければ早晩退職に追い込まれてしまう。

だからこそ、今日もこのような汚れ仕事をしている。本来、ハイロウにとってダンジョンに入れるというのは至上の喜びだ。安心と安寧を得られる、理想の場所なのだ。

しかし、工務店のハイロウたちはこの仕事をやりたがらない。当然だ。どこもかしこも、地獄のありさまなのだから。

「……ッ」

無表情を貫くヨルマだったが、思わずうめき声が漏れる。通路に横たわっていたのは、ストレスで何か所も毛が抜けたコボルトだ。魂が入っていないかのように、なんの反応もない。しかし、呼吸だけはしている。

「ケーッ！」

そんなコボルトに、石が投げつけられる。ダンジョンで飼われているゴブリンだ。遊びで、コボルトを虐待する。しかし、血が出るほどの怪我をしてもコボルトは反応しなかった。

つまらなそうに、ゴブリンはどこかへと歩き去った。一連の様を見る事しかできなかったヨルマの眉間には、しわが寄っていた。

深呼吸をする。よどんだ空気だったが、それでもしないよりはましだった。彼は引き続き押し付けられた仕事をこなしていく。

三話　威風堂々　エルフ侍

レナード氏との長話から二日後。

俺とコボルトたちは、ダンジョンでいつもの土木作業にいそしんでいた。整地作業はいったん中断し、簡易排水溝の作成に手を付けていた。

「よーし、こんなものか」

「わんっ」

この自然洞窟部分、いくつか壁から水が染み出す部分があるのは前述の通りなのだが。排水路が自然任せだったから、あちこちに池じみた水たまりが存在した。

で、この水たまりに虫が湧きそれを餌にする小動物がやってくる。それがここの生態系だったわけだが、俺たちが住むには不都合。生態系の破壊は楽しいゾイとばかりに、スライム・クリーナーをぶち込んだ。

さらに洞窟の両端に溝を掘ることで排水路を作成。水たまりを減らそうと画策している。あくまで簡易。本格的はまた今度。これに加えてもう一つ。まさに今やっていたことがある。

「主様、終わりましたか。マッドマンの泥沼作り」

「おう。こんなもんだと思う」

入り口から入って自然洞窟部分を三分の二ほど進んだ地点。俺たちはここに穴を掘っていた。その穴に土を放り込み、流れ込んでくる水を引けば泥沼の完成となる。

　この地点を選んだ理由は二つ。まず、すぐ近くの壁から水が染み出ているということ。もう一つはこの上、天井部分に小さな穴が開いているという点だ。

　気付いたのはほかでもない、シルフである。彼女がそこから外に出入りできることに気付き、シャーマンに報告。そして俺が報告をもらったという次第。

　シルフとコボルトに穴の先を調べてもらった。このダンジョンは森の中の岩山にある、という話はモンスターたちから聞いていた。穴は、岩山の中腹部分に繋がっていた。

　複数。穴というよりは亀裂だったのだ。亀裂そのものは小さく虫でもなければ通れないほど。だが深い。土を詰め込んだ程度では塞ぎきれないとか。つまり雨が降るとここから水が入ってくる。

「どうせ雨漏りがするのなら、それでも平気な場所にすればいい、と」

「名案でございましたな、主様」

　地味に悩んでいた問題がこういう解決を見せるとは。ダンジョン生活奇々怪々。このマッドマン沼が排水路の終点。ダンジョンに染み込んだ水はここに集まる。……水が集まりすぎてあふれるかな？　とも思ったが、下は土だ。染み込んでいくだろう。最悪、スライム・クリーナーに吸わせてダンジョンの外に排水させよう。

　その後も作業を続けた。コボルトたちと穴を掘り広げていく。深くなくていい。出てくる石は取り除いた。必要なのは泥なのだから。

　そんな作業中、小さなベルのような音が耳に届いた。……いやな記憶が喚起される。

「うっそだろぉ……また連絡してきたのかよ」

もしそうだったら、開かずにこの泥沼に埋めてしまおう。そう思ってコアルームに入った。音を鳴らしていたのは……台座の本。センターからの連絡だ。よし！

「いや、よしじゃない！」

生活区画へ取って返す。何せ土木作業の真っ最中だったのだ。汚れてもいるし汗もかいている。さすがに時間がないため作業服を着替えることはできない。

しかし、こんな時に頼もしい仲間スライム・クリーナー！　こいつに張り付いてもらえばあっという間に奇麗で清潔な姿に。戦闘、整備、清掃。多方面で役立つ奴である。

自分の姿をチェックしてから、カタログを開いた。同時に、輝く通話窓が現れる。

「すみません、お待たせしました！」

「いえいえ、急なお呼び立て申し訳ありません。今、お時間よろしいですか？」

「もちろんで！」

今日も、流れる黒髪に乱れなし。ヤルヴェンパー女史のスマイルに見惚れそうになる。いやいけない、自制しなければ。

「先日お伝えしたガーディアンなのですが、ご紹介できる方が見つかりまして。早速なのですが、そちらにお連れしたいのですが」

「……はい？　こっちでやるんですか？　コレでやるのではなく？」

俺が枠を指さすと、彼女は首を振った。

「ええ。ガーディアンとダンジョンの契約というのは疎(おろそ)かにしてはいけないもの。ですので直接ダンジョンで顔合わせをする、というのが誠意というものです。あと、私もガーディアン受け入れの環境が整っているかの最終確認もありますし」

ふんす、と力強く宣言なさる。誠意、誠意かー。それを出されると弱いなー。それぐらいしか出せるものないものな。まあ、ケトル商会から荷物はすでに届いている。面接するためのテーブルやらイスやらはなんとかなる。

「わかりました。それでは準備しますので少々お待ちください」

いったん通信を切って、コボルトを動員。面接準備をする。テーブルの場所は、石の椅子の前。さすがにこの偉ぶった椅子に座って面接というのもどうかと思うので、自分用のは別に準備した。

そして前回と同じ要領でカタログに手を置き、お呼びする。二度目のそれも、特に問題なく。赤い輝きの魔法陣。強く光ってから、二人の人影が現れる。

一人はもちろんヤルヴェンパー女史。この間と変わらず、目を奪われるような美貌。だが、今回ばかりはそうはならなかった。隣にいたもう一人に、俺の目は釘付(くぎづ)けになったから。

ふわりとした、金色の髪は首後ろまで。長すぎず短すぎずのボブカット。長い笹の形をした耳はエルフの証(あかし)。エメラルド色の瞳が俺をしっかりと見ている。その容姿だけでも見入るに十分だったが、最大の驚きはその装いと装備にあった。

羽織(はおり)、袴(はかま)、足袋(たび)に草鞋(わらじ)。腰には刀、ではなく木刀。頑丈そうな長槍に刃はついていないが鋭く尖(とが)らせてあり。背負った漆塗りの棒はおそらく弦の張ってない弓。矢入りの矢筒も持っているようだし。そう、すなわち彼女は。

「エルフ……の、侍!?」

／＊／

エルフ侍は、腰から木刀を引き抜くとその場で片膝をついた。

「お初にお目にかかります、ダンジョンマスター様。私、ソウマダンジョンの直系、ソウマ家が領地グリーンヒルの長き秋の森生まれ、リアドン氏族のエラノール。お言葉の通り、サムライでございます」

俺はその場で正座した。正直痛いがそんなこと言ってる場合じゃない。準備したテーブルとか今は頭から追い出す。

「初めまして。私はこのミヤマダンジョンのダンジョンマスター。生まれは異世界地球、日本国の愛知県名古屋市。名前は深山夏雄と申します」

正座したまま、一礼。エラノールさんも正座。ヤルヴェンパー女史が面食らっているようだが、ちょっとそれどころじゃない。仁義の切り合いとまで言わないが、礼節を欠いたらダメな場面と肌で理解した。

「さてお侍様。我がダンジョンは始まってまだ十日かそこらの若輩です。ありがたいことにガーディアンの紹介を受けられるほどの信頼を得ることができましたが、私もダンジョンもまだ未熟。

それでも、ここで働いていただけると?」
とりあえず、初手、直球。
「どうかエラノールとお呼びください。そしてご質問に対してですが、まこと働き甲斐のあること
この上なしと考えております。ダンジョンを守ることこそガーディアンの本懐。我が心技体のすべ
てをもってそれをなすことに、なんのためらいもありませぬ。ましてや、それが我らが氏族の大恩
あるダンジョンマスター、ソウマ様に縁ある方とあっては」
なるほど。そういう繋がりを見て、なのか。
「だいぶ遠い縁だと思いますが」
「されど、縁であると考えます」
「左様ですか。……では次の質問をさせていただきます。ガーディアンとして、どのような働きが
できますか?」
動機は聞いた。次は能力だ。彼女は小さく頷くと、横に置かれた木刀を取ってみせた。
「文武両道を目指し、修練を重ねてまいりました。武事においては弓、槍、刀、無手組打。文事に
おいては読み書き、そろばん、帝国の歴史と法。まだまだ至らぬ身ではございますが全身全霊を
もって働きます」
うーん、まさにお侍……なのだが。突っ込むべきか、突っ込まざるべきか。それが問題だ。……
いや、面接なのだしやはり聞くべきか。
「一つよろしいですか。なんで、武器が全部木製なのでしょう?」

「うっ」

　おおっと、エルフ侍エラノールさん声を詰まらせたー！

「あ、そこは私が。エルフの方々は修行を積むと、木製のものは全く重さを感じなくなるのだとか。それこそ、長い槍も小枝のごとしと」

　手持ち無沙汰に状況を見守っていたヤルヴェンパー女史のアシストが入る。ほう、あんまり聞かない設定……いや設定言ってはいけない。能力、特殊能力と言おうな。

「なるほど。つまり鉄だと重すぎて振り回せないと」

「修業は、しているのです。こちらをお持ちください」

　やや伏せ気味の顔で、木刀を差し出してくる。持ってみると、見た目より重い。これは……ああ。

「中に鉄の棒が仕込まれていると」

「はい。その重さに慣れ、本物の刀を振れるようになれば免許皆伝となるのですが。まだまだ、私はマスターサムライには遠く。お恥ずかしい限りです」

　やっぱりあるのか、刀。漫画とかじゃ作るのめちゃめちゃ大変みたいな話をよく見るが。よく異世界で再現できたな。

　まあ、それはいいとして。能力も確認できた。あとは何を聞くべきか。自分は就職活動の時に何を聞かれたろうか。志望動機、特技……プライベートについて？　趣味……はちょっと違うな。下着……はダメなセクハラ質問。異性の……ってこれもセクハラ。あ、定番のものを思い出した。

「貴女の長所と短所を教えてください」

「……た、短所、ですか」

笹耳を大きく動かして驚いている。……うーん、エルフだしプライド高いのかな。だとすれば見ず知らずの人間に短所をさらすのは人間以上に苦痛なのかもしれん。

「どうしてもお辛いなら言わなくても結構ですが」

「……いえ。これからお仕えしようとするお方に、隠し事など言語道断。お答えさせていただきます。まず、長所は先ほど申し上げた通り学び励んだ武術と学術。それからあとは……細やかな作業が得意です。針仕事もできます。あと、欠点ですが……その、えっと……」

膝の上に乗せた両手をぐ、と握るエラノールさん。正直かわいい。

「故郷ではよく、典型的エルフと言われることが多く……正直、ガサツなドワーフとか本当ダメで……言葉に雅さというものがないし、詩的な言い回しをすると怒り出すし。きついお酒を平然とがばがば飲むし。あと、これは自分のことですが不衛生なのが耐えられません。沐浴はできれば毎日したいです。汗はなるべく早く流したいです。洗濯も毎日。あとは、あとは……」

「はい、ありがとうございました。言いづらい質問に真摯に答えていただき感謝します。あと、うちのダンジョンは水豊富なんで行水も洗濯もできると思いますよ」

「本当ですか！　よかったぁ……は!?　こ、これは失礼を」

なんだこのかわいい生き物。凛としたエルフ侍どこ行った。あと、彼女の後ろに立つヤルヴェンパー女史がすげーにっこにこしてる。どうやら思いは同じのようだ。

さて。人柄も見ることができた。問題なし、でいいだろう。もちろん意思持つヒト同士なのだから、意見の食い違いやら趣味の違いやらで衝突もあるだろうがそういうものだ。ない方がおかしい。そこは上手くやっていくしかない。それが社会というものだ。

早速、採用について話を進めようと口を開こうとした、その刹那。

わぉぉぉぉん、と洞窟に響くコボルトの切羽詰まった鳴き声。はっきりとわかる。緊急事態だ。

「失礼！　お二人はここで！」

「襲撃ですか⁉　襲撃ですよね⁉　私も戦いますよ！」

「いやいや、ヤルヴェンパーさんはお客様ですし！」

何を言い出すのか。今まで見たことないほどエキサイトしている。なんか、ぶわっと漏れ出しているのは魔力とか闘気とかそういうあれか。

「失礼、ミヤマ様。今はそのような問答をしている場合ではないかと。ダンジョンマスターなら防衛を第一に。ハイロウの上級貴族であるなら、戦力として申し分ありません」

「ですよー！　私、氷の魔法なら超得意です！　学校でもトップグループでした！　あと、名前はイルマでいいですから！」

「と、いうことです。もちろん、私も助太刀させていただきます」

どうしろというのだ。美女とも美少女ともいえる二人に言い詰められては手も足も出ない。

「怪我は、コボルトの術が及ぶ程度でお願いしますね！」

怪我をさせない、と言えないのが弱い自分の情けなさよ。

／＊／

シルフ索敵&コボルト・シャーマンの遠視術というコンボにより、敵がわかった。ゴブリン、数はなんと五十。さらに率いているのがオーガ、鬼である。二メートルを超える筋肉の化け物。この時点で二人の援軍を断る理由がなくなった。断ったら全滅だ。

戦闘は、エラノールさんの大弓から始まった。うちの自然洞窟部分は曲がりくねっているため、入り口までとどく射線には限界がある。そのギリギリから矢を放った。

物語の通り、エルフの弓術は見事の一言。一射一殺。弦が鳴るごとにゴブリンの断末魔が聞こえてきた。

「ゴァァァァァァァァァァァァ！」

大音量の、咆哮（ほうこう）。オーガとゴブリンの進軍を確認すると、俺たちは洞窟奥へと走り出す。弓一つあるだけで、引き込みがこんなに簡単とは。もちろん、彼女の腕前あってのことだけど。

整備の進んだ洞窟は、前回よりも走りやすい。たとえ長槍を担いでいても、だ。精神的余裕もある。

「ミヤマ様！」

「応！」

走りながらぐいと突き出された弓と矢筒。落とさぬように抱え込み、代わりに槍を手渡す。背後からはオーガとゴブリンの足音、声。すべて順調。

前方に、明かりが見える。魔法の明かりだ。すぐに、前回よりも強固になったバリケードが現れる。そして、その前に仁王立ちするヤルヴェンパー女史。

「ヒュノス・ヒュノス・ニワーリス！　終わらぬ冬、長き夜、吹き付ける氷雪よ！　生ける者を眠らせたまえ！」

凍えるほどの風が吹く。青白いオーラが吹き上がる。とんでもないのが来る！

「二人ともそのまま！　『ランページ・ブリザード』！」

俺たち二人の間を、青白い何かが通り抜けた。そして、背中越しに伝わる極低温の嵐！　振り返れば大量のこぶし大の氷が寒風と共に荒れ狂っている。あれを食らってはひとたまりもない。

「ガァァァァァァァァ！」

が、なんと！　体の複数個所から血を流しつつも、咆哮を上げてオーガが飛び出してきた。洞窟が震える。コボルトの耳が倒れる。そしてエラノールさんが長槍をさながら釣りのキャスティングのように握ってオーガへ突撃。

「ふっ！」

振った。だめだ、いくらここの天井が高くても、長槍と彼女の身長を足したら天井に当たる……はずだったのに。

彼女の細腕から繰り出された結果とは思えぬほどの快音が、オーガの頭部で響いた。何故天井に当たらなかったか。彼女自身が、転びかねないほどに身をかがめていたから。倒れるような体の動きも使い、打撃力を生み出した。

「グゥルオッ！」

……ッ、惜しい。オーガは腕で頭部を守った。野太い腕で守られては、あの一撃でも大したダメージにはならないだろう。コボルトから武器をもらわねば、と思ったその時。

「仕留めました」

エラノールさんの一言。次に、オーガが喉を押さえて苦しみ出した。押さえ切れぬ血が、体を伝っていく。……喉を、突いた？

「上を防げば守りが空きます。簡単なことです」

さながらカンフー映画のごとく、エラノールさんの袖が鳴る。槍の突き戻しは一瞬だった。オーガの右目に穴が開いていた。巨体が、崩れ落ちた。残るのは、吹雪によって半死半生となったゴブリンのみ。……呆けている場合じゃない。

「止めを刺せ、コボルトチーム！」

「わ……わんっ！」

スコップとつるはしを担いだコボルトたちが駆けていく。エラノールさんも、槍から木刀に持ち替えて残敵掃討に入った。

「いやあ、上手く呪文が決まってよかったです。エラノールさんの見せ場も作れましたし。低位呪文でしたからちょっと不安だったんですけどね！」

変わらずテンションの高いヤルヴェンパー女史。あれで、低位か……これがハイロウか。

「ありがとうございました。おかげで皆ケガもなく無事です」

「いえいえ！　ハイロウとして当然の務めですから！　こういう機会でもなければダンジョンで戦うなんて一生なかったですから！　むしろ私がありがとうございますと言うところで！」

そろそろ落ち着いてくれんかなー。無理かなー。正直ぐいぐい来てて押され気味だなー。だいぶギャップがすごい。悪いとは言わないが。

「わんわんわんっ！　わんわんわおーん！」

あ、勝鬨（かちどき）。武器を掲げるコボルトたちの中心に、エラノールさん。彼女もまた、木刀を誇らしげに掲げていた。

／＊／

コアルーム。コアの前。俺は、彼女に向けて厳かに告げる。

「長き秋の森生まれ、リアドン氏族のエラノール。貴女を我がダンジョンのガーディアンとして迎えます。その武勇を存分に振るってください」

「謹んで、お受けいたします」

十枚のダンジョンコインが俺の手から宙に舞う。コインはエラノールさんを囲み、それぞれが赤光の玉に変化。一斉に彼女に吸い込まれ、同時にダンジョンコアが強く輝いた。

これで、エラノールさんの情報がコアに登録された。コインによる蘇生が可能になったというわけだ。なお、モンスターの場合は契約時に登録される。ただしそれは配送センターを通した場合で、野良モンスターとの契約ではガーディアンと同じ処理になる。という説明を契約前にヤルヴェンパー女史から受けた。

何故配送センターを通したモンスターはそのように処理されるかと言えば、あちら側で情報取得の手間を割いているからだとか。こちらとしては、消費コインが増えないのは助かることだ。

「契約完了。無事、ガーディアンとして登録されましたね。おめでとうございます」

ヤルヴェンパー女史の祝福の言葉。居並ぶコボルトたちの代表としてシャーマンが号令をかける。

「我らのガーディアンに祝福あれ！　ダンジョンに、マスターに祝福あれ！」

「わんわんわおーん！」

コボルトも一斉に吠えて祝福する。シルフも踊る。ここに、新たな仲間を迎えたわけだ。もっと立派な式典を挙げたかったが、今はこれが精一杯。

「はい、それじゃ各自持ち場に戻るように。シャーマン、戦利品はどうだった？」

「前回とほぼ変わらず、といったところです。オーガも棍棒を持っていましたが、あれはどうしましょうか？」

「さすがにあんなの持てないし、薪にするしかないな」

ちなみに、今回のコイン収入はなんと七枚である。たぶん、あのオーガが五枚くらいと思われる。

……援軍二人がいなかったら本気で壊滅していたかもしれない。

横道にそれた。シャーマンへの指示を続ける。

「とりあえず、薪割り場に運び込んでおいてくれ」

「かしこまりました」

ぞろぞろ戻っていくコボルトの後に、シャーマンが続く。壁際でその流れを遮らぬよう立っていてくれている彼女に声をかける。

「さて……あらためて、今回はありがとうございましたヤルヴェンパーさん」

「イルマでいい、と言いましたよ？　イルマタルの、イルマです」

「ああ……その、すみません。女性を名前とか愛称で呼ぶのが慣れていませんで」

「エラノールさんは最初から名前呼びなのに？」

それを言われると弱いのだが。隣に奇麗な姿勢で控える彼女に尋ねる。

「氏族名って、苗字とは別の扱いですよね？」

「はい。一族全体で使うものですので、家ごとのそれとは。同族に言えばどういう素性の者かそれだけで伝わるので」

……氏族名を語れないだけで、色々察するとかそういう感じになるんだろうなぁ。

「そんなわけでエラノールさんの場合は選択肢がなかったかなーみたいな」

「なるほどそうですね。それで私は？」

ぐいぐい来るなぁ！　何？　どこかで好感度爆上げイベント引いた？　そんなまさかゲームじゃあるまいし。何より俺が女性の好意を得るとか異世界よりも信じられん。……とはいえ、ここまで言われて断るのも失礼か。

「えー、では、今後ともよろしくお願いいたします、イルマさん」

「はい！　では早速ですが、襲撃で後回しになっていた受け入れの最終かくに、ん、を……」

さあ、っとイルマさんの顔から血の気が引く。……ああ、そうか。最終確認する前に、契約しちゃったな。つい、戦いの勢いで。

「や、やっちゃったーーーー！」

イルマさんの悲鳴が、ダンジョンに響いた。

／＊／

そういうわけで、後の祭りではあるが最終確認をすることに。エラノールさんのダンジョン案内を兼ねて、まずは入り口方面から。……住居の方が先とも思ったが、イルマさんが落ち込みながらエラノールさん優先でいいとのお言葉だったので、そのようにした。

前回の視察では楽しそうにダンジョンを見ていたイルマさん。今回は事が事なので、両目をスナギツネのようにすがめてダンジョンをチェックしている。まあ、前回より整備が進んだこと以外はあまり違いはないのだけど。

対してエラノールさんは冷静だった。移動しながら、色々防衛計画案を出してくれる。

「マッドマンの沼ですが、これは通路いっぱいに広げてはいかがかと。我々の移動は戸板で済まし、防衛時にはそれを外してしまうのです。魔法的な何かがない限り、マッドマンのいる沼に入るしかありません。ついでに深さを付けましょう。泥がまとわりついた衣服では、まともに戦うのは難しくなります」

「なるほどえげつない」

　とか。

「バリケードですが、高さが欲しいですね。相手には不利に、こちらには有利になります。それからコボルトに投げさせるものを変えましょう。彼らの腕力では良いダメージになりません。投石紐を訓練させて、投げものは小さな鉛にしましょう。上手くすれば鎧も貫きます」

「なるほどえげつない」

　とか。

「森側にも罠を仕掛けましょう。仕留めるのではなく、手傷を負わせる程度の。それだけで相手に消耗を強いることができます。場合によっては戦力の分散も見込めます」

「ゴブリン、ダンジョンに入ってこなくなるんじゃ……」

「別に構わないのでは？　どうせどれほど倒してもコイン一、二枚なのですから。数匹逃すことより、各個撃破の方が大事です。掃除が必要でしたら、本隊をダンジョンで倒したのちに狩ればよいのです。すぐにこの森も把握してみせましょう。さすればゴブリンなど、いかなる小動物よりも楽に処分できましょう」

「素晴らしく残虐」

　とか。うーん、この侍エルフ容赦なし。頼もしいことこの上ない。とかまあそんな話をして入り口から戻り、居住区に入った。

「ご覧の通り、指摘事項の修正は完了してます」

まず、俺のテントから。家族用の大型テント、タープ（日よけ）付きにした。洞窟の中で日よけは意味がない、がそもそもテントは結露の水滴避けである。どこからぽたりと来るかわからない以上、くつろぐためにあった方がいい。タープの下にイスもセット。新しくしてよかったと思っている。

エラノールさんのテントも、サイズは違うがタープ付きのものを用意した。イスやアウトドアベット、物置用の棚などの家具も設置。生活環境の向上を含めた、格上の演出はできていると思う。

俺が使っていたものは一まとめにしてとりあえず物置へ。コンパクトにできるのがキャンプ用品のいいところだ。また使うこともあるだろう。

その他生活雑貨も購入。設置済み。問題はないはずだ。

「どうでしょうかイルマさん」

スナギツネの表情で一通り見て回っていた彼女。深々とため息をついて表情が戻る。

「はい、テントの中も見させていただきましたが、長期滞在に必要な最低限が整っていると確認しました。……が、最低限なのでこれからも向上をお願いしますとセンター職員として言わせていただきます。……よかった、これでダメな点があったら冗談じゃ済まなかったよ」

ぼそっと、小声で本音を漏らしている。強化されている俺の耳と、エルフの笹耳にはばっちり届いているが、聞かなかったことにするやさしさが俺たちにはあった。下手に突っついてもいいことないしね。

「はい、向上の件了解しました。風呂に入りたいですしね、俺も」

「ああ、お風呂……」

　俺の言葉に、心底の同意を思わせるつぶやきをするエラノールさん。俺が見ると、笹耳を立てて慌て出す。

「いえ！　私は大丈夫です！　毎日体を清めさせていただけるだけでも贅沢(ぜいたく)なのです！　温かいお湯など、贅沢すぎて鈍(にぶ)ってしまいます！」

「でも、温泉とか作ったら入りたいよね？」

「温泉……ッ！　い、いえ！　そのような贅沢は！」

「イルマさん、ダンジョンに温泉って作れます？」

「もちろん作れます。工務店に言えば一発なんですけど……まあ、別ルートがないわけではありません。相応にコインが必要ですけど」

「よーし、コイン貯めて温泉作るぞー。でもその前にマジックアイテムのお風呂とかあったらそっちも買うぞー」

　その意気です、と同意してくれるイルマさん。さらに慌てるエラノールさん。実に華やかな雰囲気である。なんというか、気持ちが軽い。今までは、先の見えない道を全力疾走している気分だった。その道がどれだけ危険でも走るしかなかった。今は少しだけ道が開けた気分。相変わらず危険だらけだが、それが見える分まだまし。一つ一つ対処していけばいいんだ。

／＊／

お茶を入れた。お客様を迎えるのだからと奮発して購入。緑茶ではなく、ジャスミンティーのようなやつだが。

イルマさんは帰った。かなり後ろ髪引かれていたようだが、仕事がーしがらみがーと泣きまねしながらのご帰還だった。もちろん、お見送りもした。

今日は色々疲れた。戦闘もあったし。後でコアルームの椅子に座るか……まるでマッサージ椅子扱いだな。疲れは取れるが体は痛くなるんだが、あれ。

焚火を前に、お茶を飲みながらのんびりとする。これだけなら、日本にいた頃も経験した。隣にエルフがいるのは初体験だが。

「ミヤマ様、一つ、お伺いしたいことが」

一息ついた後。同じく椅子に座ってお茶を飲むエラノールさんからこの言葉。

「なんでしょう？」

「……ミヤマ様。契約し、主従となったのです。私に敬語はもう不要でございます」

「えーっと……親しき中にも礼儀あり、という言葉が故郷にありまして」

「それは良い教えですね。ですがミヤマ様はこのダンジョンの長でございます。上に立つ者は、相応の振る舞いを求められるもの。下の者に丁寧すぎる対応をしていては、内情どうあれ外からは侮られます。どうぞ、改められますようお願い申し上げます」

むむむ。頭まで下げられては受け入れざるを得ない。……横柄にならないよう気を付けねば。

「えーと、ではあらためて。質問って何？」

「はい、ミヤマ様の故郷について、です」

ああ、その話題か。確かに、俺の方にも疑問がある。というわけで、困るものでもないので一通り答えた。地球のこと、日本のこと、地元のこと、自分のこと。きわめて簡略的に、だけど。一通り聞いて……特に歴史部分に大きく反応した彼女は、納得できたと頷いた。

「やはり、ソウマ様と同じ世界、同じ国からいらっしゃったのですね」

「時代は随分違うと思うけど。……で、そのソウマという人はダンジョンマスターでいいんだよね？」

「はい、我らリアドン氏族の救い主。ソウマダンジョンのマスター、ソウマヤタロウ様です」

そして彼女は語り出す。奇妙な運命をたどった一人の侍の話を。

／＊／

大戦があった。ソウマヤタロウの父親はそれに参戦したが、仕える主を守れなかった。地元に居場所がなくなったソウマ家は、当てもない放浪の旅へ。幼いヤタロウには辛い旅路で、空腹を川水でごまかす日が何日もあったという。

やがて、縁あってヤタロウの父はとある貧国に仕官がかなう。ヤタロウが成人した頃、母共々病に倒れそのまま息を引き取った。畳の上で死ねて墓にも入れたのだから幸せといえるだろう、とはヤタロウ本人の言葉であるという。

父の代わりに仕官してから十年。ヤタロウは必死で働いた。痩せた土地を肥やそうというお上の言葉に従い、毎日働きづめだった。一番若手でしがらみもないということもあり、ありとあらゆることをやったという。農夫と一緒に開墾をしたり、家畜の世話をしたり、商人の手伝いをしたり、夜盗退治をしたり。

そして、そんなある日。目覚めた彼は、真っ暗な部屋の中で石の椅子に座っていたという。両親の記憶を失って。

「……俺と、同じか」

「皆様、ある日唐突にダンジョンマスターとして連れてこられると聞き及びます」

「家族の記憶が戻ったのは、いつか聞いてる？」

「……百年、かかったと」

絶句、というのはこういうことか。頭を抱える。言葉もない。百年もたったら、家族はもうこの世にいない。……それが、目的か？　ちくしょう、冗談じゃないぞ。

「……ミヤマ、様」

「ああ、うん。大丈夫……じゃ、ないけど。続き、お願い」

「……かしこまりました」

訳のわからぬ事態に巻き込まれ、当初は混乱した。だが配送センターなどの助けもあり、次第にダンジョンマスターとしての生活に慣れていったという。習い覚えた武術、学術も大いに役立った。様々な事態に遭遇し、それに対処し。自分もダンジョンもモンスターも強く育ったある日、流民がやってきた。痩せ、汚れ、今にも死にそうな顔色の者たち。流民たちは、すぐ近くの森に住むことの許可を求めに来た。助けてほしい、とは言わなかった。

ヤタロウは遠い昔の己を思い出し、流民にできうる限りのことをしてやった。そんな施しをされるいわれはない、と拒む流民もいたが問答無用で行った。

噂(うわさ)を聞きつけて、たくさんの流民が現れたがヤタロウは同じように手助けをした。流民たちがやっかいな騒乱を起こさなかったというのも大きかった。

そうやって開拓されたのが長き秋の森。流民となったエルフたちの新たな安住の地だった。

「なんでエルフは流民に？」

「小規模な、異界の侵略があったのです。小規模といえど、小さな里には脅威でした。人の国もいくつかその時滅んだと聞き及びます」

異界。この世界ではない、どこか。はるかな昔より、突然現れる扉からモンスターがあふれ出てくる。ゴブリン、オーク、オーガ、トロルなどの邪妖精。常識からは考えられないほどの大きさを持つ巨獣たち。そして神のごとき力を振るう竜、巨人、亜神。

異界の超生命(ゼノスライム)は多くの生命にとって特に驚異だ。あらゆる生き物を呑み込んで、能力を模倣(もほう)する。ヒトを取り込んだ場合、人格すらもまねてみせる。死んだ仲間の姿で襲われて、平然と相手をできる者はまれだ。

殺戮機械群(バーサーカーズ)などは最悪だ。生物、無生物問わず解体し新しい自分たちを作る素材にしてしまう。この恐ろしきからくりに滅ぼされた国が過去どれだけあっただろうか。

そして、最大規模の侵略者。門だけでなく、虚空の穴より現れる者たち。正気を失い、ただ同族以外を見境なく食らう飢えた群れ。様々な、本来ならば絶対協力しないであろう種族の群れ。体から、黒い茨（いばら）を生やす者たち。苦痛軍（アーミー・オヴ・ペインズ）。

世界は時折、このような者どもの侵攻を受けていた。エルフたちに降りかかったのは、巨獣の暴走だった。森の中での防衛戦なら、エルフに勝る者はいない。しかし、圧倒的な物量と質量を止められるほどの力を彼らの里は持ち合わせていなかった。最後には、故郷の森そのものを巨大な罠に変えて逃げ出すしかなかった。

流民となったエルフたちは当初、より大きなエルフの里を目指そうとした。エルフの祖神がこの世界で初めて足を下ろした場所。アラニオス神の神秘が宿る、最も古き森へ。しかし、その頃はまだ異界の怪物が暴れ回っていた。怪我人もいれば子供もいる。物資もほとんどなく、無事にたどり着ける保証はなかった。

そこで近くの森で隠れようとしたところ、ソウマダンジョンを発見した。エルフたちも、ダンジョンのことは知っていた。アルクス帝国やハイロウについても。下手に頼れば連中がどんなことをしてくるかわからない。それでなくても強力なモンスターを抱えている。積極的に係るつもりはなかったのだ。

ソウマヤタロウは、道義を知る男だった。食料、治療、安心して休める場所、モンスターの護衛。ここまでされて何も返さないのはエルフの誇りが許さない。恩には恩を。力を取り戻したエルフたちは、ソウマダンジョンのためにできることを探し始めた。

「……の、ですが。何せ病み上がり。装備も土地勘もほとんどなく。加えて我らエルフはその、なんといいますか。好意一つ伝えるのも手間と時間をかけてしまうので」

なるほど。エルフツンデレ。

「ソウマ様はまことに器の大きい方。我らの迂遠さに気分を害されることなくお付き合いくださったと聞いています。そうするうちに、我らの中にもソウマ様に真の友誼を抱く者たちが現れ始めまして」

そうして、彼らは移動を止めてそこを新たな里にすることにした。里を失ったエルフは多く、氏族の違う者だらけだった。結局、最後には新たな氏族を立ち上げることになった。

その後はヤタロウの庇護の下、里は大いに発展した。エルフ以外にも多くの種族が流れてきたが、里はそれを受け入れた。ダンジョンマスターが良しとすることを、エルフたちが否などと言えるはずがなかった。

もちろんもめ事は起きた。しかし住民とダンジョンが力を合わせ、一つ一つ乗り越えていった。

ヤタロウの持つ様々な技術、武術と学術もこの頃から学び始めた。

ヤタロウの子がハイロウとなった頃、アルクス帝国はソウマダンジョンまで支配地域を広げてきた。元々、配送センターなどの世話になっていたヤタロウは帝国に加わることに合意。ヤタロウの子が貴族となりそのまま周囲を領地とした。

「と、まあこれが我らとソウマ様のあらましでございます」

「なるほど。……さっきの百年って話でも思ってたんだけど。ダンジョンマスターになると、寿命が延びるの？」

「延びる、というよりは老いなくなると聞いております。とはいえ、それはあくまで体のみ。心の疲れはいかんともしがたく。常人は、数十年で子供にダンジョンマスターの座を譲り渡すそうです。

……ソウマ様は、いまだ我らを導いてくださっています」

仮に、戦国時代の人だった場合四百年近く生きているということになるのか。どうすればそこまでできるのか、思いが及ばない。エルフたちとの絆によるものだろうか……。

「なるほどなぁ。エルフが侍になった理由がわかった」

「いえ、実はソウマ様の同郷の方はほかのダンジョンにもいらっしゃいまして。様々な情報交換、技術交換があった結果、今のようになっております」

「まだいるのか、侍ダンジョンマスター」

ダンジョンメイカーはサムライ好きなのか？　スシ、ハラキリ、ゲイシャ、バンザーイ、なのか？

「サムライだけでなく、農家、酒造、職人、果ては野伏など。まあ、ほとんどは代替わりされて本人は天寿を全うされましたが」

「文化分捕りしすぎでしょう……それだけ来てたら、米や味噌職人とかもいないかしら」

「はい、それなら伝わっておりますが」

「マジで!?　米あるの!?　味噌も!?　醤油は!?」

衝撃的発言だった。記憶や寿命の話がぶっ飛ぶほどに衝撃だった。今までの人生で、米を一週間以上食べなかったことがない。味噌汁だってそう。ソウルフード呼ばわりも納得できるほど、俺は日本食に飢えていた。

「は、はい。米も味噌も醤油もありますが……」

「やったぁぁぁぁぁぁ！　超買うぅぅぅぅ！　ケトル商会で取り扱ってるかなあ⁉」

散財かもしれない。でも買う。必要なんだ、俺の心のために！

「お待ちくださいミヤマ様！　実家に一言言えば山のように送ってくれますから！」

「え。いや、まだ報酬払えない状態なのに、食べ物まで送ってもらうってのはさすがに」

「ご心配なく！　ダンジョンマスターに献上するというのもまた名誉なことなので！　というかたぶん、後援者からの支援で実家だけでは消費しきれないくらいいただいているかと。なのでどうかご遠慮なさらず！」

「う、うう。心苦しいが、今回はお言葉に甘えさせてもらう！　ごはん！　白米！　お礼のお手紙書かなきゃ……！」

ひゃっほう、と騒ぐ俺。つられて集まってくるコボルト。微笑むエラノールさん。新たな仲間と上手くやっていけそうだと感じるのと、もう一つ。

コボルトたちを仲間にした時から、ぼんやりとだが思っていたこと。責任者になったという、その自覚。会社を設立するのと同じ。俺はモンスターたちの命と生活に責任を持たねばならない。そして今日からは、エラノールさんについても。

気が重くなる……というのは、だめだ。凹んでいても何も始まらないのだから。なのでとりあえず、米を食える喜びに浸ろうと思う。やったぜ！

四話　それでも風呂に入りたい奴の冴えたやり方

兜(かぶと)（革製・ノーズガード付き）、皮鎧（胸部は金属補強）、ファウルカップ（下着の上に装着）、手甲と脚甲。以上が防具一式。

左手に、楕円形の大盾。右手に、短槍。腰に、短剣。これが、俺の新装備一式である。素人目にも、かなり良いものだ。ケトル商会に注文して本日届いて、ただ今初装備となったわけだが。

「防具は動きづらい、と本で読んだけど……思ったほどじゃないというか」

確かに、動きの制限はある。特に兜は視界に制限が入る。ノーズガード付いてるし。でも、鼻は人体急所の一つ。兜から伸びるこのちょっとした部分だけで守り切れるとは到底思えないが、さりとてこのわずかな守りに救われる……こともあるかもしれない。

「ミヤマ様は、コアの加護がありますから一般的なヒトよりは違うかと」

「ああ。そういえばそうだった」

最近は洞窟内に明かりも増えて、能力をあまり意識していなかった。ろくに鍛えていない俺の腕力で、木製とはいえこの大盾を軽々持てるはずがないのに。

さて。なんで俺がこんなフル装備になっているかと言えば、さかのぼること三日前。エラノールさんを迎えた日の翌日のこと。

『現状の戦力だと、俺も戦わないといかんので鍛えたい。指導してもらえる？』

と、エラノールさんに言ったところ、めちゃくちゃ渋い顔をされた。

『一朝一夕の訓練で戦えるようになるなら戦士もモンスターもいらないのですが……』

『非常によくわかるけど、贅沢言ってられないので』

『……と、なれば。最低限の訓練で戦場に立てる工夫……あ』

そう彼女が思いつき、ケトル商会に注文したのがこの一式。買うのにコイン一枚を換金し、その大半をつぎ込んだ。いやあ、防具買わなきゃいけないって思ってたからよかったのだけど。ファウルカップについてはヒヤッとしたね。全く思いついていなかった。そうだよ、金的なんてやられた日には死ぬわ。魔法だのコアだの色々あったって、ここやられたら。

なお、短剣だけは買ったものではなく戦利品だ。ゴブリンたちが持っていたものの中で一番いいやつをエラノールさんが研ぎなおしてくれた。鞘（さや）はコボルトお手製である。あいつら、どんどん器用になっていくなぁ。

「身に纏（まと）うのは、どうしても手間がかかります。コボルトたちに手伝いをさせましょう。手順を覚えれば、そう時間もかけずに装備できるでしょう」

「シルフ&コボルト索敵もあるから、奇襲もそうそうされないだろうしね」

なお、一見全く防具を装備していないように見えるエラノールさんだが実際は違う。手甲と脚甲は標準装備。さらしも巻いているし、はちがねも持ち歩いているのだとか。うむ、常在戦場。

「さて、本来であれば体もろくに出来上がっていない状態で戦闘訓練など愚の骨頂なのですが。そうも言っていられないのが我らの事情。なのでミヤマ様にはとりあえず〝戦場で面倒くさい存在〟

になる訓練をしていただきます」

「……めんどくさいそんざい」

「無視できない、かつ、倒しづらい。そういうのが一人いるだけでも状況は変化するものです。ミヤマ様はダンジョンマスター。倒れれば一大事。特にコボルトたちなどは士気が崩壊、戦線総崩れとなります。そうならないためにも、まずは守りとけん制の訓練をしていただきます。では早速……ああ、昨日の疲れは抜けていますよね？」

「なんとか」

そう。根性試しとして地味な筋トレをひたすらやらされた……もとい、やったのだ。きつかった。めっちゃきつかった。

コアによるパワーアップを極力抑えたうえで、コボルト背負ってのランニング。足元のおぼつかない道を、一定速度で走るのは地味に辛かった。

契約したてのマッドマン入り泥沼での水泳。水というか泥が体にまとわりついて重く、めちゃくちゃ体が疲れた。

腕立て、腹筋、背筋、スクワット、反復横跳び、踏み台昇降……。後半、何をやったか覚えがない。終わった時は、ほぼ気絶していた。しかも、石の椅子は使用禁止とされてしまった。あれで回復しては筋トレした意味がないらしい。

朝起きたら、体びっきびきに固まっていたので、エラノールさんの指導でストレッチしてやっと動けるようになったというありさまである。

「さて、ではまず盾をしっかり構えてください。大盾一つ構えるだけで、攻撃を受ける面積は大幅に減ります……が、対モンスターの場合はこれが油断に変わります」

「油断」

「背の低い、それこそゴブリンなどは割と容易に足元への攻撃ができるので。守っているから平気、と足元を疎かにしないように」

「はい」

　実際どうなるか、自分ではわからないので試しにエラノールさんに構えてもらった。例によって木製なので重量無視能力が発動して彼女は軽々と構えてみせる。で、正面から見てみると、まあ体のほとんどが隠れる。これでどうやって攻撃しろというのだ。

「硬い木を使っていますが、やはり木製です。何度も攻撃をもらえば壊れます。過信は禁物です。熟達すれば『攻撃を防ぐ』のではなく『攻撃そのものを邪魔する』こともできますが、今は考えなくてよろしいです」

「……どうなるかやってもらっても？　ちょっと見てみたい」

　というわけでやってもらった。借りた木刀を槍に見立てて突く。が、その攻撃そのものを、盾で押しのけられる。木刀は盾のふちを滑るのみ。何故この盾が楕円形なのかがよくわかる。そしてがら空きになった俺の横腹を彼女の手刀が軽く突く。

「これでカウンター。盾を壊さず、敵を倒す……という感じです。繰り返しますが、今は考えなくて結構ですので」

「達人の技だ……」

「私などまだまだです。さて、では訓練です」

まず、盾を構える。次に右手の槍を逆手に構え、顔の横に。

「では、肘を伸ばすように振り下ろしてください」

実行。槍の先端が、前方に振り下ろされる。

「今度は、肘を曲げて戻してください」

実行。槍が顔の横の位置に戻る。

「伸ばす、曲げる。たったこの動作だけで攻撃と、再攻撃への準備ができます。この動作をしっかりできるように訓練するのがしばらくの目標です」

「おお、確かに。これなら素人の俺でも……。でも、こんな単純な動作、練習する必要ある？」

「……ほう？　愉快なことをおっしゃる」

……あ、とっても失言の予感。にっこりと笑う彼女の笑顔がとても怖い。というわけで、ひたすら同じ動作をやった。素早く振り下ろし、同じ速さで戻す。まあ、言うまでもないことだが、どんな単純な動作でもやってれば疲れるわけで。しかも片手はしっかり大盾を構えてるし。姿勢が乱れれば注意される。動きが鈍っても注意される。

曲げて、伸ばして、曲げて、伸ばして、まげて、のばして……。

「ナマ言ってすんませんでした！　マジすんませんでした！」

「はい、無駄口たたかない。動きが遅くなっていますよ。いち、に、いち、に」

エルフ侍容赦なし！　というわけで、腕が動かなくなるまでひたすら繰り返させられたのだった。

／＊／

ぐったりと、洞窟の壁に背を預ける。外からの風が気持ちいい。シルフが気を利かせてくれたのだろうか。

「この方法、前方には強いのですが横合いから攻撃されると弱いのです。本来であれば同じ装備の兵士が左右について戦列を組むわけですが、今はそうもいきません。差し当たって、同じく短槍を装備させたコボルトを用意しましょう。攻撃ではなく、けん制のために槍を振らせれば横からの攻撃をある程度防げます。コボルトを楽に蹴散らせるようなものが来なければ、ですが」

エラノールさんの声がどこか遠い。普通に疲れているだけともいう。しかし、戦列か。この、楕円形の盾と逆手持ちの槍。短剣。なんとなく思っていたのだが、もしや。

「ねえ、エラノールさん。二千年前ぐらいにローマってところからも人来てない？」

「ご存じでしたか。はい、おっしゃる通り。細かい年代はわかりかねますが、確かにそのあたりの時代にローマなる帝国からマスターがたくさん選ばれたようです」

……やっぱりか。二千年前に栄えた巨大帝国。優れた建築技術と文化。日本食をこちらで量産できるほどに人を連れてきたのだから、ローマのそれだってパクらないはずがない。しかし、そうなると。

「……ほかに、覚えている国ってある？」

「そうですね……漢、イングランド王国、フランス王国、ドイツ帝国、ロシア帝国、オスマン帝国、ポルトガル王国、スペイン帝国、ラクシャラ……は、地球ではありませんでしたか。……ええと、最近は名前が変わった国とかあるんでしたっけ。イングランドの植民地が独立したのが確か……」

「ああ、うん、ありがとう」

グローバルにもほどがある。地球文化を全部分捕るつもりだったのだろうか。しかも、地球以外からも連れてきているとかどんだけだ。これだけの数の国、時代の人間を大量に連れてきて、ダンジョンをやらせている。そして、現代でも俺のような奴まで。

「しかしそうすると、ダンジョンって何千ぐらいあるんだろうね……」

「さすがにわかりかねます。この広大な帝国だけでも千を超えています。帝国が公表していない、把握していない数を含めたらどれほどになるか」

ダンジョン量産しすぎじゃない？　そんなに必要なの？　何が目的なの？　さっぱりわからん。わかるはずもないか。それこそダンジョンメイカーとやらに直接聞かないと。

……しかし。推察できることはある。それほどの数を用意しなければ、目的が達せられないのだろう。それからもう一つ。その目的はまだ達していない。俺という新人が追加されたのだから。ううむ。

「さて、休憩は以上です。訓練再開といたしましょう」

「すんません！　もう腕上がらないんですけど！」

「では、基礎トレーニングとまいりましょうか」

ああ、美しいエルフの笑顔がこんなにも怖い。無駄に頑丈になった己の体が憎い。昨日の悪夢が蘇る。明日の筋肉痛を覚悟しながら、俺の訓練は続いた。

／＊／

ダンジョンの総力を結集し、突貫工事で広げたマッドマンの沼。ちょっとした落とし穴程度だったそれは、集中工事の末に大きく広げられた。容易に跳び越えられないほどに広く深いものになった。

正直自分でも、よくもここまでできたと思う。理由はいくつかある。コボルトたちは非力だが、仲間と協力し根気強く一つのことを続ける能力がある。俺はコアからのパワーがあれば、ちょっとした怪力を発揮できる（長続きはしない）。スライム・クリーナーは土や岩の隙間に入り、掘り進める手助けをしてくれる。

つまりは総合力。力を合わせた結果がこの広さなのだ。弱いモンスターも馬鹿にしたものではない。俺自身も、頑張った。

そうやって広げた沼の大きさは、泳げるという時点で察してもらえるだろう。まあ、縦横十メートル程度なので隅をぐるぐる回るように泳ぐのが精一杯なのだが。でもそれで十分だ。何せ抵抗力がまるで違う。しかも中にはマッドマンがいる。泥の精霊であるこいつにかかれば、負荷の変更なんかお手の物。驚くほどのトレーニング施設に早変わり、である。

なお、当然ながら本来の目的である防衛設備としても優秀だ。ゴブリン、ホブゴブリン、オーガであっても楽に越えられはしないだろう。……現状、これが最終防衛設備なのでそうされたらアウトなのだけど。

もちろん、これはあくまでマッドマンがいるからできること。本当の泥沼ならば蛭だの虫だの微生物だのですさまじく、健康に害悪間違いなし。うちはさらにスライム・クリーナーもいてくれるから、そういった面は全く心配がない。体を傷つけるような石や不純物もないしね。

まあ、そんな素晴らしい施設であるマッドマン沼。そこでエルフ侍のハードトレーニングを受けるとどうなるか。

「……もう、一歩も動けない」

水着代わりにはいている短パン一丁で、ダンジョンの床に這いつくばることになる。いかにコアによる強化を受けていようと、元の体は日本人一般男性。特にスポーツをやっていたわけでないし、最近ちょっと腹の肉が気になっていたようなレベルである。

いかに激しいトレーニングでも一朝一夕で体が鍛えあがるわけでもなし。疲労感と全身にまとわりつくような重さにあえいでいる。

いや、全身にまとわりついているのはそれだけではない。スライム・クリーナーだ。何せ、泥である。体にべったりついているし、髪の毛、耳の穴などなど洗い流すのも一苦労。だが、スライムクリーナーはそれらを問題なく除去してくれる。こいつがいなかったら泥沼で泳ぐなんて発想自体なかったとも。

「お疲れ様でした。後はゆっくりお休みください」

「石の椅子が使えればなぁ……」

「あれはいけないと申し上げたはずですが」

「わかってるって」

　ぶっ倒れている俺にエラノールさんが声をかけてくる。石の椅子は使用者を回復させる効果がある。が、それで治ってしまうと筋肉がつかないとか。つまりこの苦労がすべて水の泡になるのである。さすがにそれは御免こうむりたい。

「ああ……風呂に入りたい」

　この世界に放り込まれてから、一度も風呂に入っていない。毎日体をふいて清潔さは保っているつもりだ。石鹸(せっけん)だって使っている。だけど、さながら薄い布のごとく、毎日疲れが積み重なっているような気がする。

「お風呂、ですか。……入りたい……いえ！　贅沢はいけません！」

　ぶるんぶるん、と頭を振って煩悩を打ち消そうとするエラノールさん。笹耳が顔にぺちんとか言って当たってる。

「ご実家にはお風呂があったの？」

「いえ、家に設備として持っているのはご当主様やその陪臣(ばいしん)の方々だけでした。ですが我が故郷には ソウマ様のご厚意で、温泉が設置されておりまして」

「ダンジョンにはそんなのもあるのか。いいなぁ」

「はい。豊富な湯量により領民はいつでも好きなだけ入ることが許されておりました。公衆浴場は清潔に保たれ、種族問わず癒しの場として使われておりました。私もあそこにいる時だけはドワーフとケンカしませんでしたし」

うーん、エラノールさんのドワーフへの感情はなかなか厄介なものがあるな。とはいえ、幸せそうにお風呂について語っている彼女を見ると、自分のことも含めてなんとかしたくなる。しかし、コインについては無駄遣いできない。さりとて風呂に入れるほどの湯を沸かすというのはなかなか難しい。

ここにはボイラーがない。ガスや灯油を使うそれでなく、薪を使うものすらない。かまどを使って鍋で湯を沸かしてタライに空けて、などというのを繰り返していたら熱湯もあっという間に冷めるだろう。何かこう、今あるものででっちあげることはできないだろうか。うーむ、ふーむと寝っ転がったまま唸(うな)る。

「ミヤマ様、どうかなさいましたか？」

「まー？」

「いや、風呂をなんとかできないものか……」

話しかけてきた二人に答えている途中、片方に目が留まる。マッドマン。泥の精霊。泥。

「そういえば、泥湯温泉ってあったな」

「ま？」

「泥湯……ですか？」

「そう。あくまで、温泉の中に泥が混じっているという感じで、マッドマンほどに泥の塊って感じではなかったけど……マッドマン。おまえ、水どこまで増やせる？」

「まー」

変化はすぐに表れた。大型の泥人形といった外観だったマッドマン。水分が増えて一気に緩い感じに。

「これは……いけるかもしれない。……へっくし」

いかん。まずは服を着なければ。

／＊／

いつもの簡素な夕食後。小一時間ほどの試行錯誤の結果。

「……できてしまったな」

「まー」

居住区に新しく作った焚火。そこには洗濯用の大きなタライが置かれ、ほっかほかに温まった『ゆるマッドマン』の姿が！

「一体、何がどうなってこのような……」

さしものエルフ侍もこれには驚きが隠せない様子。

「マッドマンだったからこそできた工夫というべきか」

俺は彼女に説明する。通常、焚火及びそれを使ったかまどというのは、炎の上に温めたり焼いたりするものを置く。本来はそれで十分だ。しかし、ゆるマッドマンほどの質量を温めようとしたらそれでは足りない。

どうしたものかと考えた俺の脳裏によぎったのは、キャンプ用品の『ファイヤーリフレクター』というアイテムだ。写真を撮る時、映りを良くするために光源を増やすためにレフ板というものを使う。ファイヤーリフレクターも同じで、焚火が発生させる熱を反射させる冬用のアイテムだ。使用法は、焚火を囲うようにリフレクターを配置するだけ。

その効果はすさまじく、ものによっては真冬であっても防寒着を脱ぐことができるほどの熱を得ることができる。つまり、焚火というのは通常の使用状態では利用できない熱量を発しているわけで。

そこで俺は、マッドマンに焚火を囲うように体を変形させるよう指示。もちろん空気穴兼薪投入口と排煙口を開けさせて。煙突用に何か筒が欲しかったが今回は間に合わなかった。おかげでマッドマンが若干灰にまみれてしまった。

なお実際に焚火を使って体を温めるマッドマンの姿は、かまどによく似ていた。……理屈を色々こねて実行した結果、よく見るものになった時の徒労感。これが車輪の再発明か。

ともあれ、そのようにして熱を確保した。あとは乾かないように温まった部分をマッドマンが体を動かせば、全体がほっかほかになったゆるマッドマンの完成である。

「と、いう感じ。我ながらちょっと驚いている。ここまで上手くいくとは。マッドマンのポテンシャルおそるべし」

「ま」

「な、なるほど……」

驚愕と呆れの半々といった視線を投げられる。まあ、致し方なし。というかどうでもよろしい。事ここまで至ったのだから、やることはただ一つ。

「というわけで入ってみようマッドマン風呂！」

「ま！」

「は、入るんですか？　本当に？　マッドマンですよ？」

「俺と契約したマッドマンだし。というかマッドマン沼プールで泳いでいる時点でいまさらだし。大丈夫だよな？」

「ま」

「ほら」

「何がほら、なんですか……」

と、いうわけで沼の時と同じく水着用短パン一丁になっていざ入浴！　さすがにエラノールさんは背を向けていた。桶に座ったマッドマンが、大きく手を広げている。足の間に座る。マッドマンが俺を抱きしめる。

「む、おおーーー？」

「ど、どうされました!?」

「これは、これは……風呂だぁ……」

ああ、全身が温まるこの感覚。これこそが風呂。疲れが溶けていく感覚がはっきりとある。やはり、人間清潔にしているだけではだめなんだ。風呂に入って、初めて癒える疲れもあるんだ。久方ぶりに入った風呂に、俺はそれを悟らされた。

「あー……極楽ぅー」

「まー？」

「おーう。いい湯加減だぞぅ」

マッドマンからも、別に不快感は伝わってこない。こんな無茶ができるのも、コアによる契約のおかげだ。言葉は話せなくても意思疎通はできる。

「そ、それほどまでに、お風呂なのですか？」

「泥多めのお湯って感じで肌ざわりは違うけど。はー、最高ー」

「まー」

さて、いつまでも浸かっていたい気分だが長湯はいけない。十分にあったまったので終了。体についた泥はまたもやスライムに清掃してもらう。

「いやあ、すっきりすっきり。いい湯だった。これは酒だな、酒がいる」

寝巻に着替え、ケトル商会からつい買ってしまった蒸留酒の準備をしようとしたら、じっとゆるマッドマンを見るエラノールさんの姿が。

「エラノールさんもどうですか。マッドマン風呂」

「え、ええ？　いや、その、ええと、でも……」

「今ならまだ温かい！　冷めてからでは遅い！」

「う、うう、うううううーーー」

やはりエルフは保守的であるらしい。しかし、それ以上に風呂の魅力は耐え難いらしい。普段の凛々しさは何処へやら。子供の頃見た音に反応して踊る花のおもちゃのごとく、体をグネグネしだす。背中を押す。

「冷めるぞー冷めるぞーゆるマッドマンがぬるマッドマンになるぞー」

「まー」

「あうううううううう……は、入らせていただきます」

そういうことになった。もちろん、彼女の入浴シーンを覗くなどという不埒なまねはしない。生き残るだけで精一杯だというのに、男女間のトラブルなんて起こしてたまるか。

とはいえ、声は聞こえてくる。

「はうぅぅぅ、お風呂ぉぉぉぉ……」

およそ、年頃のエルフの娘さんとは思えぬとろけたセリフだ。だが、風呂とはそういうものだ。それでよいのだ。

彼女は我がダンジョンの主戦力にして大事なアドバイザー。そして俺のトレーナー。色々頼らせてもらっているのだから、福利厚生はなるべく行っていきたい。

そんなことを考えながら、焚火を眺め蒸留酒をちびりちびりと舐める。しばらくして、顔をほてらせたエラノールさんがやってきた。もちろん、服は着ている。浴衣のようなやつだが。

「大変良いお湯でした。ありがとうございます、ミヤマ様」

「それは何より。あと、礼はマッドマンにもお願い」

「はい、それはもちろん。ありがとう精霊よ」

「まー」

マッドマンは、ゆっくりと沼へ戻っていった。その足跡を清掃するスライムを連れて。

「ミヤマ様の発想力には驚かされます。まさかあのような方法で風呂を用意するとは」

「やってみたらできた、としか言いようがない」

「お見事でございました。……おや、蒸留酒ですか。ワインはお嫌いで？」

「酸っぱいのがどうにも」

「ふうむ。でしたら今度良いものお教えしましょう。我が故郷はドワーフがいますのでいろんな種類の酒を造っているのです。ワインだけでなく、エール、ビール、濁り酒、清酒などなど……」

「エラノールさんは意外と酒豪でいらっしゃる」

「いえいえ、わたくしなどまだまだ……」

湯上りのさっぱりした気分。焚火を囲んで、のんびりと雑談。こちらに放り込まれて、初めてのリラックスした時間かもしれない。エラノールさんにとってもそうであればいいが。

とまあ、このようにしてリフレッシュ手段を得た。翌日からは、ハードトレーニングとお風呂の日々……に、ならなかったんだなぁ、これが。

幕間　それぞれの舞台で

アルクス帝国に、グリーンヒルという地域がある。古い森があり多くのモンスターが生息するそこは、長らく人の踏み入ることのない場所だった。

数百年前。ソウマダンジョンがこの地に現れてからは、ゆっくりと環境が変化していった。モンスターが減り、人々が集い、集落が作られた。流民を受け入れ、体制を整えた後の発展は加速した。

今では周辺地域に名を馳せる、栄えた領地である。長き秋の森と呼ばれる森林。そこに隣接するのは、帝国では典型的なダンジョンシティだ。帝都を参考にし、ダンジョンへの進入路を広くとっている。こうしなければ、ダンジョンへと向かうモンスターが街を攻撃してしまう。

道の左右にある家々は、いざとなれば壁を立てて簡易砦に早変わりする。ダンジョンへと向かうモンスターに石や矢玉を降り注ぐのだ。住民たちはそのために日々訓練している。このような立地であるため、帝国の家屋は破損と修理を前提としている。飾りはするが壊れてもいいもの、直せるもののみ。このソウマダンジョンの家々も、典型的な帝国家屋だった。

街の一角に、一つの一般家屋がある。小さな植木鉢がいくつもあることから、住民がエルフであることを匂わせる。ここはエラノールの実家である。門前では、身なりの良いハイロウの商人と、家人のエルフ（留守を任された親戚）が応対中だった。

「なんと、それはまた間の悪い時に訪問してしまいましたな」

「申し訳ない。領主様との面談はそれほど時間はかからないと思う。よろしければ上がっていただいて待っていただくことも……」

「いえいえ、それには及びません。しばらくこの街に滞在しますので、また明日にでも……」

このハイロウ、周辺でも指折りの商人である。ガーディアンになる、ということがどれほど大きな意味を持つかという具体例がこれだ。貴族ならば、保有する大きな力を頼られることでダンジョンと縁を持てる。では、そうでない個人はどうするか。自分を磨いてガーディアンとなるのも一つの道。または、すでに縁を持っている者を支援することでと考える者たちがいるわけだ。

無理筋、というわけでもない。作り始めたばかりのダンジョンは金銭に余裕がない。ガーディアンに褒賞を与えることもままならない。困窮していて普通なのだ。ガーディアンを通してダンジョンへ、というのは珍しい話ではない。

そんなわけで、エラノールの実家はこのような訪問を複数受けている。そんな立場に調子に乗って無様をさらす実家も少なくないが、エラノールの家族は己を律していた。

／＊／

場面変わって、ダンジョン入り口に程近い場所に立つ領主の館。ダンジョンマスターソウマの直系であり、帝国貴族ソウマ伯爵家の屋敷である。貴族だけあって、さすがに相応に飾り立てられている。門番として立つのは手練れのエルフ侍とドワーフ神官力士である。

応接室にいるのは、複数の男女。客として迎えられているのはエルフの夫婦、エラノールの両親だ。彼女の両親であるから髪の色は同じく金。エルフの民族衣装に身を包んでいる。主人として迎えているのは黒髪のハーフエルフ（であり、同時にハイロウ）の青年、ソウマ伯爵。帝国貴族の身だしなみとして、豪奢（ごうしゃ）な洋服で着飾っている。そしてその隣にもう一人。

髪は黒、目は茶色。背は低く、がっしりとした体格。太い眉に、力強いまなざし。着物に袴のこの人物こそが、数百年ソウマダンジョンの主を務める相馬弥太郎（そうまやたろう）その人である。

「ふうむ……手紙をわざわざ書いて送ってくる、か。良い縁を結べたようだな」

ヤタロウは、手に持った手紙から顔を上げた。ミヤマからの手紙である。内容は挨拶と、エラノールをガーディアンに迎えた報告だ。出身地のダンジョンマスターに一言報告を入れておくべきではないかという、ミヤマの判断である。

「はい。私どもの方にも丁寧なお手紙をいただきました。あの粗忽者（そこつもの）にはもったいないお方のようで」

エラノールの父、エルダンは自分たちにあてられた手紙をヤタロウに見せた。挨拶と、食料提供の感謝。己とダンジョンがどのようにエラノールに助けられているかという詳細。将来必ずや彼女の働きに報いるという約束が綴（つづ）られていた。

「ダンジョンを与えられて早々にガーディアンを紹介された御仁なだけはある、ということですかヤタロウ様」

「そのようだ。……最初の頃だ、色々辛かろうに。記憶は封じられるし、ダンジョンの外に出ることもかなわん。それでも外に気を回す……気の弱さとも取れるが、そのぐらいの方がマスターに向いている、か」

伯爵の言葉に、ヤタロウはかつての己を思い返した。かかる困難、何もかも足りない状況、至らぬ自分。だからこそ人の助けが身に染みて、それに報いるために奮起した。助けられ、故に助けた。その結果が今に繋がっている。

「さて、そうなれば我が家としてもどう付き合っていくか。毎回のことながら、大きな支援ができぬことがもどかしい」

「若木に水をやりすぎてはかえって毒となるもの。……であろう？　エンナよ」

「ヤタロウ様のおっしゃる通りです。ミヤマ様も一人前の男子。赤子のように世話されては、大樹になるのが遠のくというもの」

子は親を映す鏡とはよく言ったもの。エラノールの母らしく、エンナもまた背筋を正して厳しい言葉を放つ。

「本当ににっちもさっちもいかなくなってからでよいのです。……昨今は、そういった窮地に追い込んで悪さをする者もいるようですが」

「ふむ、あやつらか……。それに関しては、ヤルヴェンパー公爵家にも話をしておくが」

忌々しい、という感情を隠しもしない伯爵。その思いはここに集まる者が共有するものだった。

「それでよかろう。ともあれ、今は見守るのみよ。……ああ、メシはたんと送ってやるように。腹が減っては戦はできぬ」

「は。そちらに関しては抜かりなく」

エルダンの返答に頷くと、ヤタロウは窓の外に広がる空を見た。また一人、同郷の者がこの地に連れ込まれてしまった。思うところは多々ある。見込みのある若者でよかった。そんな若者が理不尽にも戦場に立たされているのは哀れだ。もろもろを解決できぬ己の不甲斐なさ。

それを胸のうちに収めるのも、遠い昔に慣れた。思いが胸を焦がすのは変わらないが。先人として、ささやかでもできることはしてやろう。いつも通りに。

そして、ふと思ったことを口に出す。

「エルダン。もしかしたら数年後には孫の顔が見れるかもしれんな？」

「な⁉」

「願ってもないことです」

「エンナ⁉」

やおら騒がしくなった応接間で、ソウマ伯爵だけはノリについていけず思わずぼやくのだった。

「大事な話をしているのだがなぁ」

／＊／

ミヤマのダンジョンがある地方の名を、セルバという。十年前は独立した国だったが、今は帝国に併呑されて領地の一部となっている。

ダンジョンから北へ。常人の足で十日ほどのところに、旧セルバ国の王都がある。今はさびれて、かつての面影はない。その王都のほど近くに、奇妙な砦がある。都の防衛になんら寄与しないそれは、不似合いなまでに立派なものだった。

その上階の執務室に、二人の男の姿があった。一人はデンジャラス&デラックス工務店の男、ヨルマ・ハカーナ。もう一人は老いてなお目つきの鋭さを失わぬ貴族。この地域を支配する男、マジナ伯爵だった。

「……工務店から何も買わず、生活を成り立たせるダンジョンマスターとはな。異世界にも気骨がある男がいるようだ」

白髪の老人の言葉には、嫌悪感がありありと込められていた。対面するヨルマは背筋を正してそれを聞くのみ。表情を動かすことすらしない。

「配送センターの動きはどうなっている？」

「はい。報告によりますと、ヤルヴェンパー公爵家の令嬢が専属についたとのことで。実家の繋がりを使ってサポートに入ったと」

「ヤルヴェンパー!? クソ、よりにもよってあの家か！ ……待て。ということはケトル商会！あの狐に出張られるのは厄介だ。本気でこちらが介入する機会を失うぞ！」

伯爵が、執務机にこぶしを振り下ろす。帝国でも指折りの大商会の介入は、彼らの組織をもってしても楽観視できるものではなかった。その後ろにある存在も考えればなおさらだ。

「それで、上はなんと言っている？」

地方を統べる貴族と、工務店の職員。彼らは一つの組織で繋がっている。帝国の流通に大きな影響力を持つ派閥。商業派閥という枠組みで。それは大変緩やかな繋がりではあるが、上同士のやり取りでヨルマはここに派遣されていた。

「このサイゴウダンジョンへの接触点になられても困るので、なんとしてもこちら側に引き込むようにとのことです」

「……まあ、そうだな。そうなるか」

マジナ伯爵の視線は、床に向けられた。正確には地面の底。この地に広がるサイゴウダンジョンへのもの。

「よかろう。必要なものは用意させる。すぐに取り掛かれ」

「は。それでは早速」

ダンジョンへの妨害工作。それを貴族は事もなげに言ってのけ、職員は気負いなく請け負った。帝国の法では重罪とされる行為だというのに。

「上手く事を運べば、私からもそれなりのものを出そう。そうだ、下で遊んでいくか？　帝都にも負けぬ設備を取りそろえてあるぞ」

マジナの言葉に嘘はない。確かに、ハイロウにとっては極上の労（ねぎら）いである。

「いえ、私のような者には身に余るものです。ダンジョンに係る仕事をさせていただくだけでも光栄なのですから」

「遠慮することはないぞ？」

「身の程を弁えておりますので」

「フン。殊勝なことだな。貴様については覚えておく」

ヨルマは執務室を後にした。すべての準備を済ませ、砦を後にする。とうに日は暮れて、星が輝く時間であっても気にせずに。そして十分に離れた後に、彼は苛立たしさを込めて地面を踏みつけた。

「……お前らと一緒にするな」

／＊／

一方その頃。ミヤマのダンジョンが存在する、広大な森。周辺の住人たちにはラーゴ森林と呼ばれるそこの奥深く。長い年月によって木々が成長し覆い隠しているが、遠い昔に町があったことの痕跡が残る場所。

苔むした瓦礫が多く積み重なるその下で、何かが動いた。その気配を察知して、周囲の鳥が一斉に飛び立つ。茂みや木々に隠れていた小動物が逃げ出す。岩や瓦礫の陰にいた虫すらも、住処から這い出てきた。

ボロボロの煉瓦の壁が下から少しばかり持ち上がる。

「……フシュゥゥゥゥ」

こもった、大きな吐息が漏れ出した。ヒトの肺活量では放てない、何かしらの獣が発するもの

だった。

しかし、当然ながらそれはまっとうな獣ではなかった。茨に似た、紫色のオーラが隙間から延びていく。

その悍(おぞ)ましく恐ろしい気配を、森に住む多くのモンスターが感じとる。決して近寄ってはいけない。あれはとてつもない災厄だ。本来ならば、縄張りから動くことのないモンスターたちが住処を捨てて逃げ出す。

異変のあったところより徒歩で一日ほど離れたとある大樹の洞でも、それを察知した者がいた。

「なんだか森が騒がしいねぇ……何か入り込んだか、それとも。やれやれ、全く面倒くさいったら」

そう言いながら彼女もまた、住処から這い出した。

ミヤマのダンジョンが生まれたことを引き金に、森に大きな変化が現れていた。

五話　不穏な空気と新戦力

最初の襲撃は、俺がこの世界に来て七日目に起きた。二回目は、それから三日後。三回目の襲撃、前回から二日後。四回目の襲撃、前回から二日後。

そして五回目、やっぱり二日後。

「多いわぁぁぁぁ！」

本日の襲撃は、バカでかい鹿モドキが三匹。軽トラぐらいの大きさの奴を鹿とは言いたくない。鱗(うろこ)もあったし角から雷出したし。

「確かに、少々頻度が多すぎますね」

今日も見事な槍さばき&大弓ナイスショットによってキルスコアをあげたエラノールさんが同意してくれる。ここまでの襲撃で、彼女が苦戦したところを見たことがない。大物は必ず彼女がやってくれている。褒賞とかあげたいのだけど、ダンジョン強化が先だと固辞されている。せめて何か、と思って彼女をべた褒め&山のような感謝を込めてご実家に手紙を送った。名声の足しになってくれればいいが。

「戦力増強しているとはいえ、さすがに追いつかないぞ……拡張が」

今まで、あまり考えなしにモンスターを増やしたりしていたが。ダンジョンの広さというのは迎撃において重要なファクターだ。

狭い通路では、横に並んでも二人か三人。どれだけモンスターの数がいても、各個撃破されてしまう。強いモンスターであってもそれは同じだ。こちら側の戦力を集中したいなら、相応に広い部屋が必要となる。

現在、うちのダンジョンに迎撃部屋と呼べるものは基本的にない。襲撃の合間にコボルトに工事を進めさせ、やーっと環境整備が一段落した程度だ。自然洞窟部分の歩きづらい場所はすべて整備された。排水路も簡易だが一応作った。

これで洞窟内の移動が容易となった。濡れた戸板の上をおっかなびっくり歩く必要はなくなったのだ。

唯一、迎撃部屋といえなくもないマッドマンの泥沼。通路いっぱいに広げ面積も拡張。俺の訓練場を兼ねる予定だったが、最近は忙しくてそれもできていない。ともあれ、マッドマンをさらに二体契約し、鉄壁……泥壁？　まあ、ともかく分厚い壁となって防衛に励んでいる。

コボルトたちに守らせるバリケードは、毎日アップグレードを繰り返している。エラノールさんのアドバイスに従い、少しではあるが高さを追加している。さらに、コボルトたちに投石紐を配備。現在練習中なので戦闘には使用できていないが、火力向上に期待が持てている。練習中、結構いい音で石が飛んでいくのだ。

と、このように急ピッチで戦力を増やしているものの、それを上回る勢いで襲撃がやってくる。二回目のオーガ、三回目はオーク二十四、四回目は大ムカデ五四、そして今日は鹿モドキである。バリエーションが豊富だが別に頼んでいない。

マッドマンの防御力とエラノールさんの攻撃力のおかげで怪我人は減った。ただし前線に出る俺の盾はすでに三枚目になっている。

「さすがにここまで多いと作為的なものを感じる。ダンジョンメイカーの嫌がらせか？」

「ダンジョンメイカー様が？　いえ、まさか。かのお方はコアを作りダンジョンを生み出す以外、世に何かしたという話は聞きませんが」

「うーん……まあ、それはただの言いがかりだけど。誰か、何かやってるんじゃないかというのはあるんじゃない？」

足元を、いつものごとくスライムが清掃作業にいそしんでいる。今日は、というか今日も戦利品はほぼないからコボルトたちも次への準備をする程度だ。

「このダンジョンに、誰かが誘導していると？　……もしそうであるならば、まじないを使える者かと」

「なんでまた？」

「もしはっきりとわかる何者かであるならば、シルフとコボルトが気付きます」

「なるほど確かに」

呪文的な何かで移動させているなら、臭いをごまかすこともできるか。しかしそうすると、探すのも難しいか？

「シャーマン殿。周辺に敵はおりますか？」

「ふうむ。外の見張りに聞いてまいりますのでしばしお待ちを」

この洞窟の上の岩山にも監視所を作った。外に出られないのでどんな形かは俺も知らないのだけど、見つからないことを第一に作れと命じておいた。とりあえず今のところ襲撃されたことはない。

シャーマンはすぐに戻ってきた。

「やはり、それらしい影は見えないと。ただ、シルフ殿は森の中に騒がしさを感じているようですぞ」

「ふうむ……ミヤマ様。私が一度偵察に向かってもよろしいか？」

「え」

困る。めっちゃ困る。我がダンジョン最大火力が出撃となるといざという時の防衛に不安が発生する。いや、火力増強も考えているんだけど手ごろな奴がいないんだよなぁ。オーガとか強そうではあるがテキストが不穏すぎるんだもの。

『レッサーオーガ　五コイン　鬼です。筋骨隆々、怪力、意気軒昂。戦いになんのためらいも持ちません。敵を倒すことを至上の喜びとし、相手の強さは気にしません。敵が強かろうが弱かろうが暴力を振るうことを楽しみます。大抵の生き物ならば口にし、ゴブリンすらも踊り食いにします。一番好物とするのはヒトの女です』

こんなの呼べるか。絶対コボルトたちが怖がるわ。イルマさんに相談したいところだが、忙しくてそれもできていない。……そうも言っていられないか。時間を作ろう。

アタッカー増強はいったん置くとして。偵察についてどうするべきか。エラノールさんに出られると不安だからほかのモンスターに頼む？

　コボルト。単独では戦力にならないし、たぶん寂しくなって逃げかえってくる。じゃあ群れで出す？　……偵察にならないだろう。不適格。

　スライム。移動力に大いに難あり。さらに偵察行動そのものができないと考えて間違いない。意思疎通もなぁ……こっちの言っていることは理解してくれているようなのだがあちらの言い分はほとんどわからんからなぁ。体の動きでなんとなく察するのがギリギリのラインだし。不適格。

　シルフ。機動力良し、感知力良し、意思伝達良し。隠密行動も可能、何せ風だし。おお、パーフェクト……なのだが、そもそも彼女が感知できていないのが原因だ。彼女が悪いわけではないのだが、今回ばかりは不適格。

　マッドマン。大体スライムと同じ理由により不適格。意思疎通はスライムよりましなんだが。

　……だめだ。エラノールさん以外に適格者がいない。そして、このラッシュの原因を突き止めないと対応も取れない。倒せない敵が現れたらアウトだ。選択肢がない以上、覚悟を決めるしかない、か。

「えー……安全第一、でお願いします。最悪わからなくてもいいです。エラノールさんに何かある方がもっと困る」

「かしこまりました。では、準備してまいります」

　律儀に一礼すると、彼女は居住区に走っていった。

／＊／

エラノールさんが出発した。シルフと協力すると言っていたが、どの程度の効果が出るのやら。無事に帰ってきてほしい。彼女のためにも、ダンジョンのためにも。

さて、コアルームに入りいつもの台座へ。モンスターカタログを開く。

「小型で強いモンスター、小型で強いモンスター、と」

即座にヘルプ、はちょっと情けない。自力でできなかったらヘルプ、だろう。そう思ってページをめくる。まずモンスターの要求コインを見る。予算オーバーしてたら次。予算以内なら内容を読む。そんな流れで作業することしばし。

「……欲しいモンスター、みんな予算オーバーしやがる」

ここで、今までのコイン収支を見てみよう。

コイン収支

・収入

初期五十枚

襲撃一回目　二枚（ゴブリン三十四、ホブゴブ一匹）

襲撃二回目　七枚（ゴブリン五十四、オーガ一匹）

襲撃三回目　十枚（オーク二十匹）

襲撃四回目　十五枚（大ムカデ五匹）

襲撃五回目　十五枚（鹿モドキ三匹）

合計収入　九十九枚
・支出
コボルト　三十匹　六枚
コボルトシャーマン　一匹　一枚
スライムクリーナー　三匹　六枚
シルフ・エリート　一体　十枚
マッドマン　三体　十五枚
ガーディアン　一人　十枚
大型冷蔵庫　一枚
換金　二枚
合計支出　五十一枚
収支合計　四十八枚

という感じになっている。収入の大きさが脅威の質である。焦らないのは無理というものだ。

……つくづく、エラノールさんに来てもらってよかった。いなかったら本気で死んでいた。

さて、こうやってカタログをめくっていると、なんとなくモンスターの強さとその値段の関係がわかってくる。まず、弱いモンスター。筋力生命力が弱く特殊能力もない、そういうのは一山一コインで契約できる。ゴブリンやコボルトがこれ。オークも一枚で二体なのでここの枠だ。

そういった奴らの中でも、特殊能力があると一匹一コインで出ている。呪文が使える、毒がある、技能がある。コボルト・シャーマンとかだ。ホブ・ゴブリンもゴブリンよりは強いという理由でここに入っている。

弱くても便利な能力があるとコインが増える。高い清掃力を誇るスライム・クリーナーは例外的な尖り方をしている。まともな攻撃手段はないが、使い方では窒息させられる。生命力は強い。特殊能力がある。これでコイン二枚はお得では？　また余裕が出たら増やそう。

そしてその上に、単純に強い奴らが名前を並べていく。大ムカデや今日の鱗鹿、レッサーオーガなど。現状こいつらが脅威なので、これらを倒せる戦力が欲しい。

強くて特殊能力があるとコインの値段は天井知らずに上がっていく。シルフ・エリートなんてかわいいものだ。生産力やダンジョン強化能力を持っていたりするとインフレしているんじゃと疑うレベルで跳ね上がる。アントクイーンなどがここだな。

というわけで、俺の要求するモンスター『コインコスト十枚以上を倒せる、ヒトぐらいかそれ以下の大きさ』がかなりの難題になってしまうのは当然の話だった。

まあ、いないわけではない。たとえばこいつ。

『グール　十コイン　死体を食らう怪物です。アンデッド型と獣人型の二種類があり、それぞれ特殊能力が違います。アンデッド型は麻痺毒を持ちます。生きている対象には効果的でしょう。ただし理性と会話能力はありません。獣人型はアンデッドではありません。理性も会話能力も所有しています。麻痺毒は所有していません。どちらにしても悪属性であるため使用には注意が必要でしょう』

獣人グールとか、ちょっと聞かないがわからなくはない。つまりはハイエナということだと思う。アンデッドは論外だがこちらなら選んでもよいかと思う、のだけど。悪属性というのがいただけない。エラノールさんがいてくれれば押さえも利くだろう。あるいは俺が強ければ。しかしどちらでもない以上、ちょっと導入には躊躇する。

だいぶ高いが、こういうのもいる。

『ジャイアント・スパイダー　百コイン　大蜘蛛です。洞窟の壁や天井に巣を作り、獲物を待ちます。戦闘方法は巣からの飛び降り、粘着糸による捕縛、麻痺毒の注入、物理攻撃などです。つがいで契約すれば繁殖させることが可能で、一年で百匹以上増やすことができます。また、吐き出す硬い糸はロープとして使用することができるため、販売も可能です』

アントクイーンほどのインフレではないが、まあお高い。とはいえ生産力と繁殖力もあるのだから当然とも考えられる。当然、導入はできない。

そして、探しに探した結果、かなり惜しいと思ったのがこのモンスター。

『ストーン・ゴーレム　二十コイン　石でできた人間大のゴーレムです。刃物では痛手を受けることがありません。怪力を持ち、質量もあるためその一撃は戦槌を超える破壊力を持ちます。動きは鈍重であるため、素早い敵を狙うのは苦手としています。食料は必要としませんが、自然治癒能力がありません。魔術師や錬金術師の修理呪文が必要となります』

値段がちょっと辛いが許容範囲。高い攻撃力と防御力。速度が遅いらしいが、敵をマッドマンなどで足止めさせれば十分当てられるだろう。理想的なのだが、修理の問題がある。コボルト・

シャーマンにすでに確認済みなのだけど、修理呪文は覚えていないらしい。新しく覚えるには時間がかかるとも言われている。

こいつが壊れると復活にはコイン百枚必要になる。使うなら修理呪文は必須だ。というわけでこいつも残念ながら選べない。

ページをめくる。めくる。めくる。

「手ごろなモンスター、いいモンスター、戦えるモンスター……うーん、ぬーん」

ぺらりぺらりとカタログを読み進める。コボルトのページが出てくる。いまさらコボルトを増やしても。ページをめくる。コボルト・シャーマン。コボルト・ライダー。コボルト・スカウト。コボルト・アルケミスト……。うん？

「コボルト・アルケミストぉ？」

『コボルト・アルケミスト　三コイン　知識と技術を得たコボルトの錬金術師です。コボルトであるが故に戦闘は不得意ですが、生産技術に優れています。薬の生産だけでなく怪我や病の治療、道具の修理なども請け負います。標準で竜語を習得しています』

俺は速攻でモンスターカタログの通話紋に魔力を通した。いつものごとく輝く窓が現れ、イルマさんが笑顔で出てくれた。

「こちら、モンスター配送センターお問い合わせ窓口です。こんにちはミヤマ様、本日のご用件はなんでしょうか」

「質問です！　コボルト・アルケミストはゴーレムを直せるような修理呪文使えるでしょうか!?」

「ええ？　……えー、個体差があるのでお望みとあらばそれができるコボルトをご用意できますが」

「よっしゃぁぁぁぁぁ！　ゴーレム運用できるぅぅぅ！」

渾身のガッツポーズを決める。イルマさん、困惑を継続。

「ゴーレムといいますと、ウッド・ゴーレムでしょうか？　確かに修理呪文があれば運用できますが、いかんせん木製ですので修理の手間がかなりかかりますよ？」

「いいえ、使うのはストーン・ゴーレムです。石ならそこまで破損しないでしょう？」

「ストーン!?　コイン二十枚じゃないですか！　襲撃があったにしても多すぎる……まさか、借金を？」

「いえいえ。……襲撃撃退して稼いだんですよ」

かくかくしかじか、とエラノールさんを迎えた後の経過を話す。話が終わった後、イルマさんの顔にはこれでもかというほど渋い表情が浮かんでいた。

「……明らかに誰かの介入がありますね、それ」

「やっぱりですか」

「モンスターだって馬鹿じゃありません。獣に近いほど、用心深くなります。一日二日で縄張りの中の匂いが消えるわけじゃありません。最低でも、それが消えてから偵察に出ます。にもかかわらず群れでの移動。移動させた何かがいるのは間違いないかと」

専門家のお墨付きを得てしまった。嬉しくはないがありがたい。ならばこそ、ストーン・ゴーレムの導入をしなくては。

「よし、じゃあすみません。アルケミストの斡旋お願いします」

「かしこまりました。……ああっと、そうでした。ミヤマ様は被造物系モンスターの契約は初めてでしたね？　この系統はこちら側の工房で作成したものをお渡ししていますので、ほかのモンスターとは手順が変わります」

「え……もしかして受注生産だったりします？」

「いえ、大量発注というわけでもありませんので在庫で対応できるかと。少々お待ちくださいね」

画面が切り替わる。保留中の画面だろう、鎧を着た猿がナイフをジャグリングする簡易アニメーションが映し出される。……猿の、お手玉？　長いロード画面？　う、頭が。

「お待たせしました。ストーン・ゴーレム一体、修理呪文習得済みコボルト・アルケミスト一匹、問題なく契約できます……どうかされましたか？」

「いいえ、なんでも……じゃあ、早速」

「ちょっとお待ちください。せっかくここまで準備されるのですから、ついでにゴーレム・サーバントもいかがでしょう？」

彼女が画面の向こうで手を動かすと、こちらのカタログもページがめくれる。……こういう魔法的演出に慣れ始めた俺である。

『ゴーレム・サーバント　一コイン　執事、または侍女服を着た陶器製のゴーレムです。呪文を込められているため通常の陶器より頑丈ではあるものの戦闘には全く向きません。ダンジョンマスターの身の回りの世話が可能です。料理、洗濯、掃除などを申しつけてください。竜語が使用できます』

「ああ、家事ですか……」

　確かに、必要だ。迎撃と訓練で忙しく、最近かなりその辺がおざなりになっている。エラノールさんの実家から日本食材をいただけたからこそごまかせているが、料理は雑を極めつつある。洗濯もできないからスライム・クリーナー任せ。最初はぞっとしたが、慣れれば大したことなかった。ただ、エラノールさんからは『清掃はともかく、洗濯までスライム任せは堕落への第一歩ですよ』と釘を刺されたが。正直わかる。こと清掃にかけては万能だからな、スライム。

「うん、必要ですね。それじゃあサーバントも……在庫、どれくらいあります？」

「問題なく。ミヤマ様のダンジョンなら二体いれば問題ないかと」

「じゃあ、それで」

　ストーン・ゴーレム　コイン二十枚。コボルト・アルケミスト　コイン三枚。ゴーレム・サーバント二体でコイン二枚。合計二十五枚支払い俺は新たな戦力を迎え入れる。

　モンスター配送には少々時間がかかった。特にゴーレム三体。生き物でない分、違った手間がかかるのだろう。まあそれでも、特にトラブルが起きることはなかった。

　俺は早速、目の前にいるコボルトに向けて呪文を唱えていく。

「我、力を求める者なり。我、対価を支払うものなり。我、迷宮の支配者なり」

　最初の一文は変わらない。これは俺自身を示す言葉。

「汝、銀を腐らせるもの。汝、鉱山に住むもの。汝、神秘の技を学ぶもの」

次の一文で対象を表す。コボルトで、錬金術師であると。シャーマンの時は最後が精霊の技を学ぶもの、だった。最後の一文で名前を呼べば契約は完成だ。

「我と共に歩め、コボルト・アルケミスト！」

輝きはいつも通りに。小柄な犬頭。ローブに眼鏡、分厚い本。彼女はつぶらな瞳で俺を見上げ挨拶した。

「あらためて、これからよろしくお願いいたします主様。コボルト・アルケミストは全力で働かせていただきます」

「ああ、よろしく。俺はミヤマ・ナツオだ。でもって、こいつらがお前の力なくては働けない同僚たち」

俺が指さすそこには、佇(たたず)むものが三つ。一つは大きかった。分厚い胸板、太い腕、大地を踏みしめる両足。すべてが石でできている。古代の蛮族戦士をモチーフにして作られた、ストーン・ゴーレムだ。

もう二つは随分小柄。ヴィクトリアンスタイルとでも言えばいいのだろうか。正統派の侍女服に身を包んだゴーレム。陶器製であり、その造形も女性的だ。短いながら、ブラウンの髪まであるのだから。

アルケミストへ向けて、ゴーレム・サーバントたちが一礼する。

「初めまして、コボルト・アルケミスト様。本日マスターと契約しましたゴーレム・サーバントです。ストーン・ゴーレム共々よろしくお願いいたします」

「はい、こちらこそ！」

ぶんぶん、と尻尾を振りながらサーバントたちと握手するアルケミスト。ストーン・ゴーレムは軽く頭を下げた。とりあえず問題はないようだ。

「よし、それじゃあダンジョンのメンバーに紹介するからついてくるように」

俺を先頭に歩き出す。ストーン・ゴーレムの足音がすごいな。一歩一歩地面を殴っているような音がするぞ。おかげで何事かとコボルトたちがこっちを見に来てしまうありさまだ。む、お前はあの時の起きてきた黒毛のコボルト。真っ先に来るとは、意外と勇気があるな。耳思いっきり倒れてビビってるけど。

根性あるんだかないんだかよくわからんコボルトの頭を撫でつつ、居住区に入る。すっかりコボルトたちが集まっていた。

「よーし、お前らー。新しい仲間が来たぞー。仲良くするようにー。じゃ、挨拶を」

「はい！　えー、わたくしはー……」

新入りたちが挨拶を始める。コボルトたち、ちょっとビビり気味だがすぐに仲良くなるだろう。そよ風が一つ吹いて、シルフが居住区内を一周。新入りたちに手を振ってから出ていった。……スライムとマッドマンたちには個別に挨拶に行くしかないな。あいつら足が遅いし。

ふと気配がして振り向けば、入り口方面からやってきたコボルト・シャーマンがいた……のだが。目を真ん丸にして、口もあんぐりと開きっぱなし。

「おう、どうしたよシャーマン」

「……あ、主様。あの、愛らしいお方はどなたでしょうか？」

「愛らしい？　……アルケミストのこと？」

「アルケミスト！　……なんと知的な！」

ぶんぶんぶんぶん、と見たことないほど尻尾を振るシャーマン。えーと、これは、つまりそういう話だよな？

「落ち着けシャーマン」

「おち！　落ち着いておりますよ私は！　さ、早速ご挨拶……いや、まだ皆との話が終わってないな、邪魔をしてはいけない」

意外と冷静……ではないな。めっちゃそわそわしてるぞ。これはいけない。

「しゃーまーん。今話しかけた場合、相手が受けるお前の印象は挙動不審者になるがいいのか？」

「そんな!?　な、何故です!?　私に一体どんな落ち度が!?」

「相手の気を引きたい思いが前面に出すぎてる。引かれるぞそれ」

めちゃくちゃショックを受けるシャーマン。まー、シャーマンの気持ちはよくわかる。挙動不審になるのも。しょうがない、ここは俺が一肌脱ぐか。これでしくじられて連携が上手く取れないとかになったら防衛に支障が出る。現状そういうの許容できないからな。

「シャーマン、挨拶は俺がやる。お前は最低限だけしゃべれ」

「は、はひ……」

というわけで面通しが終わったアルケミストたちのところへ。

「おーい、お前ら。こいつはコボルト・シャーマン。うちのコボルトたちのまとめ役だ。仲良くしてやってくれ」
「……よろしく、お願いします」
「まあ！　こちらこそよろしくお願いしますね！」
と、いう感じでなんとか無事挨拶は終了。……なのだが、シャーマンのヤツの言葉が少ない少ない。本当に上手くやっていけるんだろうか。不安だが、恋の病につける薬はないからなぁ……。

／＊／

夜の森を駆ける影一つ。リアドン氏族のエラノール。いや、今はミヤマダンジョンのエラノールである。エルフの瞳は闇を見通す。夜であっても活動に支障なし。今夜は月も出ており、空に雲もなし。晴れ渡った夜空が広がっている。

エラノールは、星の位置からミヤマダンジョンがアルクス帝国内、ないしその近隣であると推察していた。天運に恵まれた、とエラノールは考える。

この世にダンジョンが現れ三千年。帝国の威信は世界に広がれど、無知蒙昧な輩がいなくなることはない。自然洞窟に怪物が棲み着いたのか、新たなダンジョンが生まれたのか。確認もせずに襲い掛かる輩は後を絶たない。

しかし、この立地ならば期待は持てる。上手くすればこの地方を治める領主とも協力関係を構築できるだろう。これはダンジョンの発展に大きく寄与する。いまだ外に出ることのできないダンジョンマスターに代わり、その任に就くのはガーディアンたるエラノールだ。

そのことに、エラノールは不安を覚えていた。武芸を学んだ。学問を治めた。礼節も身に付けた。しかし、それだけでヒトとの交渉が上手くいくなら苦労はない。長い帝国史を紐解けば、交渉に失敗し最終的に殺し合いに発展した話など山のように転がっている。

帝国内でそれだ。ダンジョンが帝国の外に発生し、その国が短絡的な行動に出た場合待っているのは戦争だ。ダンジョンと外国が、ではない。帝国と外国が、である。ダンジョンに強い思いを抱くハイロウたちが、田舎小国の暴虐を放置するはずもない。

ダンジョンの成長を阻む行為には注意が入る。ほかならぬ神がごとき始まりのダンジョンマスター、オリジンから。それさえ配慮すればお咎めなし。別に国も土地も欲しくはないが、ダンジョンをないがしろにするのは勘弁ならぬ。

この繰り返しで、帝国は大国になってしまった。ダンジョン愛しの一念で数多くの国を呑み干した帝国をどう評価するべきか。多くの国家を足蹴にしたことを糾弾すべきか。多くの民が救われていることを称えるべきか。エラノールは答えを持たない。

ただ、帝国の力を知る者たちはダンジョンに手を出そうなどと考えない。今はそれが重要であるとエラノールは考える。それが、ミヤマダンジョンを守ることに繋がるのだから。

さらに言えば、ヤルヴェンパー公爵家と縁を持てたことも大きい。北海の大海竜、ダンジョンマスター・ヤルヴェンパー。その庇護を受ける、二千年前より海洋交易で財をなすヤルヴェンパー公爵家。血ではなくダンジョンで繋がった信頼は二千年間揺らぐことない。

モンスター配送センターの担当が、かの家の令嬢であったことは極めて幸運だったといえる。自分自身こうやって紹介を受けられたのだし。

「やはりミヤマ様は、天運を持っている……いや、それは私もか」

配送センターを信頼していたとはいえ、今回の紹介は望外のものだった。一族にとって大恩あるソウマダンジョンマスターにわずかながらも縁ある人物。克己心があり、モンスターたちを大事に扱う。ダンジョンマスターとしては、最上の人柄であろう。異界に送られたショックで心が荒れているダンジョンマスターは珍しくない。

そのようなダンジョンマスターと巡り合い、ガーディアンとして働くことができている。これ以上は、まずないと見ていいだろう。であればあとは己の問題。心技体、すべてをもって役目を果たし忠義を示す。

……私人としては。常道でないとはいえ風呂を用意してくれたことに本当に感謝している。毎日お風呂。素晴らしい。ミヤマ様万歳。お風呂万歳。だけどはしゃぐとみっともないと母に叱られるので心に秘める。母上怖い。さておき。

エラノールは、己の身長を超えるほどの大岩を、手をかけることなく一息で登りきる。鍛錬を積んだエルフなら容易いことだ。高い視野を得て、森の中に視線をやる。そこにあるのは、あからさまな野営の跡。焚火の痕跡、散らかされたごみ、複数の足跡。いまだ残る悪臭から、おそらくはゴブリンの野営だ。ここはダンジョンから近い。一番最初の襲撃者の拠点。

「……やはり、煽る者がいるか」

岩山を駆け下り、野営後に近づく。気配はない。ゴブリンどもは残らずダンジョンに食われたのだ。近づいてみれば、いくつかの物資がそのまま残っている。あくまで、ゴブリンの物資。エラノールの目にはごみの山にしか見えない。

ともあれ、ここまで痕跡が残っているのにダンジョンへ複数の勢力が進攻してきた。懸念は当たったと見ていいだろう。

「では、誰が？」

ゴブリンの野営地を抜けて先に進む。扇動者は、ミヤマダンジョンの位置を知っている。発生したばかりのダンジョンの情報を知ることができるのは、ごくわずかしかいない。近辺を縄張りにするモンスターたち。残りは、

「モンスター配送センターと、デンジャラス＆デラックス工務店」

この、どちらか。確率が低い方は配送センター。自分自身、顔見知りもいる。ダンジョンを陥れようなどとかけらも思わないはず。逆に、可能性が高いのは工務店。かの組織に強い影響力を持つ派閥。商いを目的としている者たち。ハイロウでない者も多く、ダンジョンへの敬意も憧れも持ち合わせていないと聞く。ならば、自分たちの利益のためになんでもやるだろう。

「なんとしても、尻尾を掴まねば」

月明かりの森を、さらに奥へ。手掛かりは、おそらくほかの襲撃者の縄張りにある。それさえ見つければ、対処の方策も立つというもの。

……ただ、森に足を踏み入れた時から感じる、異質な何か。これの正体がなんなのか。追い求めるものであればいい。そうでなければ。エラノールは足早に進んだ。

／＊／

エラノールさんが出発して二日。またもや、新たな襲撃があった。今回は初回と同じくゴブリン。ただし、こちらの方が質も数も上だった。

ゴブリンだけで六十。ホブゴブリンが三。しかし何より厄介なのが、

「ぎゃっぎゃ(かぶれ)、ぎっぎ(あせも)、ぎぎゃぎゃ(むしさされ)！　ぎゃぎゃ(イッチ)！」

ゴブリン・シャーマンの呪文が飛ぶ。一瞬、全身に痒(かゆ)みが走った。

「ぐぅぅぅぅっあ！」

ほぼ、直感的な対応。胸に感じる、コアとの繋がりを強く意識。怪力を使う時と同じ。すると、全身に走った不快な感覚は消え去った。が、

「キャインッ！　キャイインッ！」

周囲にいた、数匹のコボルトが地面に転がって体をこすりつけている。まずい、今は戦闘中だというのに！

「呪文にかかったコボルトを下がらせろ！」

「わんっ！」

手すきのコボルトが、転がっている者たちを引っ張っていく。最前線ではないから、まだこういう余裕がある。最前線を担っているのは、別の者たちだ。

「ぎーーー」

泥だ。ストーン・ゴーレムに勝るとも劣らない体格の泥人形。こいつが二体、ゴブリンたちのただ中に突撃していく。

「ぎっ」

「グギャァ!?」

腕の大振りに巻き込まれたゴブリンが、壁に叩き付けられる。避ける隙間があればこうはならないだろうが、こいつら考えなしに洞窟に突撃してきたから。まあ、そうなるようにおびき寄せたのもあるが。

だが、真に戦場を支配しているのはマッドマンじゃない。

「ゴォァッ!」

ホブゴブリンが手に持った棍棒を思いっきり相手に振り下ろす。乾いた音がダンジョンに響く。棍棒がへし折れた音だ。返礼が放たれる。石のこぶしが、振り下ろされる。骨と肉が一度に叩き潰される。ホブゴブリンの頭が胴体に埋まった。

ストーン・ゴーレムの戦力は見事なものだ。腕の一振り、足の蹴り出しだけで敵が致命傷を負っていく。逃げられると当てづらいが、こいつにはマッドマンを付けている。ストーン・ゴーレムの周囲にいる敵の動きを阻害させているため、順調に処理が進んでいる。うっかりストーン・ゴーレムに殴られても、土が吹き飛ぶだけだ。すぐに元に戻る。

そして、この二種類のモンスターに前線を任せることにより、気兼ねなく投石による支援射撃をすることができる。コボルトたちの投石紐はまだ練習中で命中率はそれほどでもない。だが当たればゴブリン程度なら大ダメージだ。

そして、うっかり地獄の前線を抜けてきた者たちには。

「ふっ！」

「げぎゃっ!?」

俺の大盾と短槍でお出迎えだ。ゴブリンの攻撃なら十分に受けられる。そして、エラノールさん直伝の攻撃方法は、攻撃範囲が短いが手数が多い。ざくざくと二度三度刺してやればゴブリンぐらい簡単に戦闘不能になる。

無我夢中の戦闘も、何度も繰り返せば慣れもする。モンスターたちの大暴れを見れば、心に余裕も生まれてくる。

「ぎぎゃぁ！」

あ、ゴブリン・シャーマンが逃げ出した。二体目のホブゴブリン撃破で心が折れたか。ほかのゴブリンも我先にと逃げ出し始めた。では、久しぶりに。

「シルフ！　と、コボルトチーム！」

砂嵐が洞窟に吹き荒れる。マッドマンとストーン・ゴーレムは巻き込まれるが、やはり問題なし。うん、新戦力は問題なく機能している。

／＊／

いつもの後始末。砂掃除のためにスライムが体をいっぱいに伸ばして地面を這っている。マッドマンたちがそれをまねしているが、大丈夫なのだろうか？　……まあ、最悪スライムがなんとかしてくれると思いたい。

「サーバント。呪文を受けたコボルトたちはどうだ？」

「もう復調しております、マスター」

戦線の後方に待機させておいたサーバント。直接戦闘はできないが、それ以外に使えないわけではない。今回は後ろに下がらせたコボルトの看病をさせたわけだが。

「魔法対策、これからやっていかないとなぁ」

「アルケミスト様に、魔法抵抗の護符を作っていただくのはどうでしょう？」

「簡単に作れるものか？」

「……相応の時間と資金がかかるかと」

小首をかしげながらのサーバントの返答に若干考える。金はまあ、よほど高くなければ考えてもいい。だが、時間か。今は全くないな。

「この騒動が終わってからじゃないと手が回らんな……しかし」

「どうかなさいましたか？」

「俺、割と簡単に呪文破れたからさ……」

自分の胸に手を当てる。コアとの繋がり。多くの者が己のものにと欲するアーティファクト。その力をあらためて実感した。ただの日本人であったならば、あの呪文一発で戦闘不能に追いやられていたかもしれない。

「マスターは、ダンジョンマスターであらせられるので」

「……そうだな。まあ、いい。コボルトたちがもう大丈夫なら、片付け手伝ってくれ」

「かしこまりました」

サーバントから離れる。続いては今回のＭＶＰへ。ゴブリン多数、ホブゴブリン二体を殴殺した石の体のタフガイ。と、その周りをぐるぐるしているコボルトへ。

「アルケミスト。ゴーレムの調子はどうだ？」

「はい、主様。破損のようなものは見当たりません」

一回の戦闘でどの程度消耗するか。気になるところだったのでアルケミストにチェックしてもらったのだ。

「一発思いっきり殴られてたし、砂嵐にも巻き込んだがその辺は？」

「打撃に関してはほぼダメージになっていないようです。表面をよく見れば細かいひっかき傷がついたかな？　という程度です。私の呪文一回ですべて直せますね」

「じゃ、後で頼む」

「かしこまりました」

ゴーレムについてはこれでよし。次はシャーマンに任せた戦利品回収チームを確認する。やはりゴブリンの戦利品はごみが多い。剣一つとっても錆が浮いてたり、刃が潰れていたり。とはいえ、金属武器であることに変わりなし。ケトル商会にリサイクルとして引き取ってもらえば多少の足しになる。

使えそうなものは運ばせて、そうでないものは捨てるかスライムの餌にする。

「主様、こちらの棍棒なのですが……」

「ホブの。あー……今までで一番まし、か？」

シャーマンがほかのコボルト二匹と一緒に運んできたそれを見る。強化された俺でやっとという重量物。どんな偶然か、ろくな加工もされていないにもかかわらず、棍棒としての形が成っていた。

「どういたしましょう？　これは保管しておきますか？」

「保管というか……アルケミスト！　ゴーレムは動かせるか？」

「はい、問題ありません！」

駆け寄ってくるアルケミストを見て、シャーマンの背筋が伸びる。おいコラ、棍棒から急に手を放すんじゃない。コボルト二匹がふらふらしてるじゃないか全く。しょうがないので俺が支える。

「あー……ゴーレム。これ、使えるか？」

俺の声に反応し、ゴーレムがむんずと棍棒を掴む。そのまま、ゆっくりと棍棒を振る。元々動きが鈍いとはいえ、ゴーレムの重さが乗った棍棒というのは、それだけで必殺兵器になりうる。ぶっちゃけ、俺自身、盾を構えても受けきれる自信がない。

「……いけそうだな」

「おっかないですね。じゃあ、棍棒も整備しますね」

「棍棒の何を整備するというのだ？」

「ええっと、握り部分に縄を巻いたり、バランスを整えたり？」

「なるほど。じゃあ頼むぞ」

アルケミスト、頼れる奴よ。棍棒を担いだゴーレムと一緒に居住区へ歩いていく彼女を見送る。

でもって。

「シャーマン、いつまで呆けている気だ」

「は⁉　も、申し訳ありません！」

彼女の姿が消えるまで、彫像のように動かなかったヤツに声をかける。しょうがないのでちょっとしゃがんで目線を合わせる。

「しっかりしてくれよシャーマン。コボルト部隊はお前に任せてるんだぞ？　平和な時ならいいが、今はちょっとシャレにならん」

「弁明のしようがありません。私としたことが……」

耳も尻尾もしおれる。うーむ、強く言い過ぎたか？

「今は、気張ってくれ。事が片付いたらいくらでも口説いていいから。デートとか誘っていいから」

「く、口説く⁉　そ、そんな、破廉恥な！」

「お前がたくさんの女に声をかけるチャラコボルトだったら破廉恥かもしれん。だが、そうじゃないだろう?」

「まさか！　私に限ってそんな！」

「だよなぁ？　お前のまじめさはよく知っている。なので、アルケミストを口説くのは清い男女交際だ。問題ない」

「そうはおっしゃいましても、どんな言葉をかけていいかもわからないのですが！」

ううむ。男女間の悩み。正直俺もさっぱりだ。仕事上であるなら、いくらでも話ができるんだが……いや、まずはここからでいいのか。

「普通に仕事の話をしろ」

「……仕事の話、ですか」

「まずは話すことに慣れないとスタートラインにも立てん。会話が増えれば話題のとっかかりも見つかるだろう」

「なるほど！　やってみます！」

「おう、それじゃ仕事も頑張ってくれ」

ふんす、と鼻息荒く歩いていくシャーマンを見送る。荷物を運ぶコボルトたちも見送る。そして、一匹のコボルトが残る。いつもの黒毛のコボルトだ。

「どうした？　なんかあったか?」

「わう」

指さす先は……入り口？

「ゴブリンたちの生き残りがいるなら、シルフが騒ぐが……違うみたいだ」

軽く手をあげてみる。風の流れは特に変わった様子がない。まあ、行ってみればわかるかと歩いてく。それほど距離はないので、すぐにたどり着く。

木々の影が長くなりつつある。そろそろ夕方だろうか。エラノールさんはどこまで行ったのか。無事なのか。心配である。……と、噂をすればなんとやら。着物姿のエルフが近づいてくる。コボルトはこれを教えてくれたのか……って、うん？　後ろにもう一人いる？　そう思ってよく見ようとしたら、エラノールさんがこっちにダッシュしてきた。

「おかえり、エラノールさ……」

「ただ今戻りましたミヤマ様。そして申し訳ありませんが壁を見ていてください！」

「……はい？」

「すぐに済みますから！　お願いします！」

「お、おう」

勢いに押され、洞窟の壁を見る。うむ、いい感じに出っ張りが削れている。汚れもない。ここは蝙蝠のフンがひどかったからなぁ、などと感慨にふける。それはそれとして、エラノールさんと一緒にいた人影、あれはほっておいていいんだろうか。

などと考えていたらエラノールさん、ダンジョン奥から駆け戻ってくる。速い。サムライではなくニンジャであったか、などと益体もないことを考える。

「失礼しましたミヤマ様！　もう結構です」

「うん。それで一体何がどうなって……」

彼女の方に向き直って、言葉を失う。エラノールさんの隣には、そうさせる存在がいたのだ。

強いウェーブのかかった、豊かな赤髪。対照的に、瞳は深い青をたたえている。布一枚で覆われた体のスタイルの良さは圧倒的で、その美貌と合わせて女神と錯覚しそうになる。下半身が、緑の鱗を持つ大蛇でなければ。

ラミア。上半身が女性、下半身が蛇というモンスター。視線が合う。口を開いた彼女は、

「なんとも冴(さ)えない男ねぇ」

「ぐっふぅ」

俺の精神に致命的一撃を叩き込んできた。

／＊／

開口一番、ダメ出し決めてくれたラミア。彼女の体に巻いている布はエラノールさんが巻き付けたもの。つまり全裸だったらしい。彼女が慌てるわけである。入り口のドタバタも布を取ってくるためだった、と。まあそれはいいとして。そんな彼女は今どうなっているかというと。

「早贄(はやにえ)にしてくれる、このもろ出し女……！」

「ちょっと!?　この蛮族エルフなんとかしてよ！」

長槍持ち出したエラノールさんに追い掛け回されていた。いやあ、下半身蛇ということで移動速

度はそれほどでもないんだが、動きがとってもトリッキー。エラノールさんの鬼のような連続突きをかろうじて、ぎりっぎり避けている。うん、ぎりっぎり。

ラミアの暴言を聞いた途端、再び洞窟に取って返して槍ひっ掴んでリターン。お命頂戴とばかりに突撃してきたわけである。

「エラノールさーん。その辺でー」

「しかし、こやつは！」

「命を取るほどのことじゃあないでしょう」

まあ、気持ちわからなくもない。自分が連れ帰ったということは、その人物に対して責任を持つという覚悟だったのだろう。変なことをしたらぶった斬る、みたいな。でもまあ、そんなことはしないと考えたからこそ連れてきた。

なのに開口一番俺への暴言。まじめな彼女の逆鱗（げきりん）に触れてしまったとまあ、こういう流れか。とはいえ、やはり暴力沙汰はさすがにやりすぎだ。

「うちの者が失礼した。しかしまあ、全く知らない相手に開口一番暴言はケンカ売ってるのと同じだと思うのだけどいかがか」

「そうねぇ。さすがに本音が過ぎたわ」

余裕そうに毒はいているが、めっちゃ肩で息してる。放置したら確実にラミアの早贄ができてたな。

「貴様！」

「はーい、エラノールさんも落ち着こうねー。まだぶった斬る時間じゃないからねー、まだ」

どーどー、と落ち着かせる。うーん、これは相性が悪いかなー？　性格的に。物理的にはたぶんこっちが有利だろうが。

「で。エラノールさん。なんで彼女連れてきたの」

「は……実は、件の扇動について心当たりがあると。そして、話すことを条件に取引がしたいと」

「ほおう……そちら、何がお望みで？」

話を振ると、息を整えたラミアが頷く。

「この布、もう取ってもいいかしら？」

「話を聞いていたかもろ出し女！　なんのためにわざわざ巻いたと思っている！」

「ステーイ、エラノールさん、ステーイ」

うーん、話が進まない。本当に相性が悪いな。

「目のやり場に困るから、布はそのままで。もう一度聞くが、そちらの要求は何か」

「簡単よ。この大騒ぎが終わるまで、ダンジョンに住まわせてほしいってだけ」

反射的に動きそうになったエラノールさんを手で静止する。

「さすがに情報一つでただ飯昼寝付きは頷けないな。それに、扇動について知っているということは、ここが襲われているのもわかっているはず。それなのにダンジョンに入りたいと？」

「防衛ぐらいは手伝うわよ？　敵は洞窟入り口から入ってくるんでしょ？　そこを待ち構えるだけなんて随分楽じゃない。森の中なんて四方八方どこから敵が来るか、常に注意しなきゃいけないんだもの」

「ふうむ。言われてみると確かに」

安全が欲しいからダンジョンに入りたい。それが目的である以上、暴れたりはしないだろう。言葉通りの目的を持っているのであれば、だけど。だとするならば。

「エラノールさん」

「はっ！」

「仮に彼女が敵だったとした場合、勝てるね？」

「もちろん！　必ずや仕留めてみせます！」

「よろしい。では、彼女を迎え入れよう」

目を見開くが、さすがに拒否の言葉は出なかった。対するラミアは機嫌よさげに口角を上げる。

「へえ。そういう顔もできるんだ、あんた。いいわ、冴えないって言ったのは訂正しておく」

「そりゃどうも、だ。ともあれ、ミヤマダンジョンへようこそ。俺はダンジョンマスターのミヤマナツオ。ミヤマは苗字、ナツオが名前。そちら、名前は？」

「ミーティアよ。いい響きでしょう？」

「かっこよくはある」

と、このようにして、我がダンジョンは予期せぬ客人を迎え入れた。

／＊／

「連れてきた私が言うのもどうかと思いますが。私はアレが気に入りませぬ」

「そうみたいだねぇ」

　ダンジョン内を歩きながら、エラノールさんの不満を聞く。本人が真後ろにいるというのによく言えるなぁ。

「でもねぇエラノールさん。ミーティアはちょっと本音気味なだけで、悪意はない。怒るまでもないと思うけど」

「ミヤマ様は優しすぎるかと」

「いやー、あのぐらいは本当どうってことないよ。本物はね、まずこっちを見下してくるから」

　大事な記憶は思い出せないのに、忘れたい記憶ばかりすぐに思い出せる。記憶いじってる奴にクレーム入れたいね本当。

「お客様は神様です、って言葉を自分に都合よく拾ったろくでなしがまあ多いこと多いこと。こっちが強く出られないのをいいことに、好き放題言ってくれるんだ本当。一番いいのを教えろはまだいい。高いからまけろだの、態度が悪いだの、店長出せだの、もうね、本当ね、マジぶっ飛ばすって思うよね」

「ミヤマ様？　ミヤマ様ー？」

「挙句の果てにでかい声で騒ぐ、仲間を呼ぶ、暴れる。サルか何かかと。動物園に帰れよと。いつもというわけではないが、来る時は来るんだ、そういう人間以下みたいのが」

「ミヤマ様！　お気を確かに！」

おおっと、ちょっと昔のグチを言い過ぎたか。エラノールさんを心配させてしまった。努めて笑顔を浮かべる。

「そういうわけで、ミーティアは全然マシだ。俺は気にしない」

「あ、はい……」

なんで一歩引くのかな？　まあいい。振り返る。

「ミーティア。話は聞いていたな？　ある程度は許容する。許容限界超えたら相応に対処する。わかるな？」

「はいはいりょーかい。こっちもゴブリンと同じになりたくはないわ」

「ゴブリン？　何が？」

「今のあんたの話よ。ヒトの皮をかぶったゴブリンの話」

……ああ。ああ！

「ぶは、ははは！　ゴブリン！　そうか、ゴブリンか！　ぶはははは！」

「ミヤマ様!?」

「……あんたの主、色々溜まってるみたいねぇ」

何か言われた気もするが、笑いが止まらなくてそれどころじゃない。ひとしきり笑って、やっと発作が治まった。

「はー、笑った笑った。いや、すまない」

「ミヤマ様。何か思うところありましたら、遠慮せずおっしゃってくださいね?」

「え?　ああ、うん」

エラノールさんに上目遣いで心配された。そんなやり取りをしつつ、バリケードとマッドマン沼を通り過ぎる。戸板渡りが少々難しかったようなので、手を引いてやった。

ほどなくして居住区に到着。コボルトたちに説明をして、ミーティア用のテントを建てる。お客用に買っておいたのが早速役に立った。俺用に最初に買ったテントはアルケミストが使っているし。

ゴーレム・サーバントにお茶を入れてもらい、一息つく。俺たちは椅子だが、ラミアの体では座りづらいということでミーティアは干し草の上に蛇体を置いている。そのうち座布団みたいなものを用意してやらなければいけないだろう。

「さて、それじゃあ聞かせてもらおうか。扇動者について」

「私が見たのはインプだったわ」

インプ。蝙蝠の羽を持つ小さな悪魔。ミーティア曰く、それが複数体、森の中でここにダンジョンがあることを触れ回っていたらしい。

そして、そのインプが騒ぎ始めた時期なのだが。

「……モンスターの襲撃が増え出した頃。そいつらが扇動しているのは間違いないけど」

「インプ一匹ならば、単純な悪意での行動かもしれません。ですが複数なので、誰かしらがそうするよう命じていると思われます。小さくても悪魔。絶対者がいないのに同族と協力はいたしません」

彼女の説明に頭を悩ませる。インプは扇動者の道具。本人を特定できる情報はない。それらを退治しても襲撃は止まらない。捕まえれば、情報を引き出せるだろうか？

「ミヤマ様。一応私も犯人について考えてみたのですが。ある程度の推測は可能なのでは？」

「と、いうと？」

「このダンジョンの場所を知る者は、とても少ないのです。今まで、接触した人物を思い出してください」

言われて考えてみる。イルマさん、モンスターたち、レナード氏、エラノールさん、ミーティア、それから……。

「工務店の、クソイケメン」

「モンスター配送センターとは、良好な関係が築けています。しかし工務店とはほとんど取引をしていない。そしてトラブルもあった」

「……でも、あの程度でこんな嫌がらせをするかなぁ？」

「もっと別の思惑があるのかもしれません。……あくまで、推測ですが」

何かあるかもしれない、を言い出したらきりがない。確かに、もめる相手と言えば工務店しかいないんだが、証拠すらないしなぁ。

これについては、別の人物にも相談しよう。とりあえず、今は情報収集だ。

「……まあ、とりあえず次だ。ミーティア、森の中の状態はどうなんだ？　モンスターたち、みんなここを目指しているのか？」

「まさか。仲良しこよしじゃあるまいし。ここを目指す連中がいれば、その留守を狙って襲撃する奴らもいる。その争いに乗じて別のたくらみをする連中もいる。そんな殴り合いがあっちこっちで起きてるのが今の森の状況よ。あたしみたいな独り身は本当迷惑してるんだから」

「ううむ……その割には二日おきに襲撃もらってるんだが」

「それこそ、扇動者が何かしてるんでしょ」

ちょっとややこしくなってきた気がする。まとめてみよう。
・ミヤマダンジョンは二日に一度というありえないハイペースで襲撃を受けている。
・森の中のモンスターたちは、インプによってそそのかされている。
・縄張り争いがあるため、インプにそそのかされても高頻度の襲撃はおかしい。
・森からダンジョンへけん引する『何か』が扇動者によって行われている。
・けん引する『何か』はシルフとコボルトに見つけられない。姿も匂いもない。
このまとめを仲間と共有する。すると、エラノールさんの手が挙がる。

「この『何か』ですが、やはりインプではないかと。術で姿を隠し、匂い消しの薬剤を体にまぶせば条件は達成されます。扇動は、何かの道具でも持たせればいい。モンスターがやってきた騒ぎに乗じて逃げればばれることもない。人ほどの大きさであった場合、さすがに空気の流れが大きすぎてシルフ殿に見つかります」

「あたしが見たインプも小さかったよ。コボルトの大体半分ってところね」

ミーティアからの補足もついて、確度が上がる。ほぼインプで間違いない気がしてくる。

「ちなみに、よくわからないすごい魔法とかでインプ以外が動いている可能性は？」

「そこまで上位の魔法が使えるなら、わざわざこんな迂遠なまねをする必要ないと思われます」

「……ごもっとも」

エラノールさんの冷静な突っ込みにぐうの音も出ない。しかし、逆説的にだが扇動者がそこまで理不尽に強い相手ではないという証明にもなる、か？

ともあれ、けん引しているのがインプだとするならば。

「見えないインプをどうやって発見するかという話になるが……」

「あ、それなら自分ができますぞ」

「なんと？」

俺のつぶやきに、さらりとシャーマンが答えてみせる。

「インプを払う程度の魔除けなら、自分が作れます。それを周囲の樹木につるしておけば十分役に立つでしょう」

「では、私はその周囲にまじない消しの粉をまいておきましょう。強いものではないので術そのものは消せないかもしれませんが、反応はするはずです」

続いてアルケミストがそう請け負ってくれる。

「まじか。すごいなお前ら」

コボルト術者コンビの言葉に衝撃を受ける。こんな余技まで持っていたとは。

「そこまでできるのであれば、捕まえてしまいましょう。インプがどのような契約をしているのかはわかりかねますが、破ることはそう難しくないはずです……ダンジョンコインがあれば、ですが。

破ってさえしまえば、扇動者の正体を聞き出せるでしょう」

「わーお、力業ぁ。じゃ、捕まえるのはあたしがやってあげるわ。金縛りの魔眼あるし」

エラノールさんとミーティアが続く。……瞬く間にインプ捕縛作戦が立案されてしまった。俺は恵まれた男だ。こんなにも優秀なメンバーに囲まれているのだから。

「……よし、それじゃあそれでいこう。迷惑野郎に一泡吹かせてやる。みんな、力を貸してくれ」

反撃の、開始だ。

六話　決戦世界のダンジョンマスター

デンジャラス&デラックス工務店のヨルマ・ハーカナはミヤマダンジョンへの工作を続けていた。彼が命じられた仕事は、ミヤマダンジョンを追い込む事。そのためにインプを使いモンスターをダンジョンに誘導していた。戦いが続けば、防衛モンスターに被害が出る。コイン収支がマイナスになり、戦力が復活できなくなる。

命が惜しいなら、戦力を整えなければならない。手持ちがないなら、借りるしかない。ここに商業派閥が手を差し伸べれば、金銭的にも恩義的にも大きな貸しができる。

そうなれば後は楽なもの。相手は、異世界の一般人。丸め込む手段はいくらでも存在する。この手法で商業派閥は、多くのマスターを自分たちの操り人形に変えてきた。

投資額もリスクも、ダンジョンから発生する利益の前にはささやかだ。だから商業派閥は、ヨルマのような工作員を使う。

もっとも、工作をするヨルマの目的はまた別だったが。

(それにしても、粘るな)

上手くいっていない。森の中、ヨルマは一人佇み考える。今回のターゲット、ミヤマダンジョン。まず、ここまで手こずること自体が意外だった。あのミヤマというダンジョンマスターは、そこまでできるようには見えなかった。二、三回けしかければ音を上げると思っていた。だが、ふたを開けてみればいまだに戦力を保有している。

（意外といえば、配送センターがガーディアンを紹介したこともそうだ。あのマスターを信頼できると判断した？　良家の連中は随分と甘い）

余計なことをしてくれる、と内心毒づく。配送センターには千年、二千年の歴史を持つ上位貴族の勢力が幅を利かせている。ヤルヴェンパー公爵家などその最たる例だ。甘やかされて育てられた世間知らずがやらかした、とヨルマは考える。

（昨今は、ガーディアンを派遣できるダンジョンもなかなか見つからないと聞く。契約できていない連中も年々増加。判断基準を甘くして一人でも多く送り込もうって腹か？　……まあ、気持ちはわかるが）

派遣できないダンジョンの増加。その一端に係っていることを、ヨルマは自覚していた。しかし、思い煩っていては目的を達成できない。

あまり時間はない。商業派閥が本格的に動いたら、もっとひどいことになる。それまでにやるべきことをしなければならない。

（……やっと巡ってきたチャンスだ。しくじるわけにはいかない）

通話で話したことを思い出す。彼は悪の誘いに乗ってこなかった。少々わざとらしく振る舞ってはみたが、それを踏まえてもなおあそこまで義憤で怒ってみせた。

記憶を封じられ、頼れる者もなく。理不尽な状況に置かれてなお、楽に流れない。

（だからこそ余計に、手は抜かない。徹底的にやる）

契約したインプに思考を飛ばす。今回で終わらせるために、切り札を切った。ダンジョンコインを飲ませた、オーガ。これをぶつける。たとえガーディアンがいるとしても、こればかりはあらがいようもないだろうとヨルマは考える。

姿隠しの外套をかぶせたインプが飛ぶ。件のダンジョンまでもうすこし。

「ォォォォォォォ………」

「!?」

背筋に震えが走り、ヨルマは後ろを振り返った。森の薄闇があるだけ。ほかには何もない。だが、確かに聞こえた。何かをこらえるような、うめき声が。

「……この森には、何かがいる」

ラーゴ森林で工作するようになってから感じる、薄気味悪い何か。モンスターたちの闘争がそれを目覚めさせたか。それともダンジョンが開かれたせいか。残された時間は思う以上に短いのではないか、という確証のない不安。ヨルマはインプを急がせつつ、自らもダンジョンへ足を進めた。

／＊／

突貫作業で準備を進めた。シャーマンとアルケミストが求める材料の収集。足りない物資の買い付け。イルマさんへの報告。

作られた魔除けとまじない消しの粉の設置。準備時間の短さもあって、設置場所はダンジョンのすぐ近くとなってしまった。インプを発見し捕縛することはできても、モンスターの襲撃を避けることはできないだろう、というのがエラノールさんの予想だ。

襲撃に備えて、交代で休憩を取りその時を待つ。裏方であるゴーレム・サーバントたちは二十四時間フル労働。休む必要がないとはいえ無理をさせている。事が終わったらしっかりメンテナンスを受けてもらおう。

コボルトたちも交代で休みを取らせているが疲労が見える。水浴びさせる暇もないので、スライム・クリーナーが活躍している。というか、ダンジョンメンバー全員が世話になっている。マッドマン風呂に入っている余裕はない。エラノールさんはかなり葛藤したようだが、不衛生よりはいいと覚悟を決めた模様。スライムにまとわりつかれた時、変な悲鳴を上げていた。

客人であるミーティアについては、若干面倒があった。服についてだ。布一枚では色々問題があると、服を着てもらうことにしたのだが本人が嫌がった。

「動きの邪魔になるものを体に着けるのは趣味じゃない。これも、さっさとはがしたいんだけど？」

このもろ出し女！　とエラノールさんがまた怒る羽目になった。とはいえ、今や日本で幻のごとく語り継がれる、バブルの時代に着られたとされるボディコンのごとき格好のままも困る。ああでもない、こうでもないとエラノールさんとゴーレム・サーバントが苦労した結果。

「これならまあ、許容できるね」

「……ビキニ……アーマー……だと……!?」

俺が驚愕に目を見開いたのを誰が咎められようか。セクハラだと言われても無理である。その豊満な肢体の要所をかろうじて隠す、下着のごとき鎧。昔のフィクションの中にのみ存在したビキニアーマーを、自分の目で見るとは思わなかった。それも、完璧に着こなして。

モンスターということもあるのだろうが、彼女はかなり大柄だ。もし人の足があったら百九十台の身長があるんじゃなかろうかというぐらい。スーパーモデルもはだしで逃げ出すスタイルだ。そんな彼女のビキニアーマー。大迫力すぎるにもほどがある。

エラノールさんは深々とため息をついた。

「なんとか、着せました。下着もヒモみたいな、はしたなさの極みみたいなやつですが一応」

「お疲れ様でした」

そしてありがとう、という言葉はさすがに呑み込んだ。ミーティアはと言えば、上半身を傾けたりひねったり、動作確認に余念がない。非常に目の毒だ。

「……これ、思いっきり跳ねたらすっぽ抜けそうね」

「わかっているなら、やるな」

がるるる、とエルフの気品を空の彼方(かなた)に放り投げてエラノールさんが威嚇する。……いやあ、確かにスレンダーではあるが女性らしいラインはしているよエラノールさんは。が、これを言えば確実にひどい目に遭う。セクハラでもある。ここはそっと離れるしかない。俺は極力気配を消して、ほかの作業に合流すべく背を向けて、

「ミヤマ様、どこへ行かれるか。この露出女と先ほどの不快な視線について少々お話が」

「ははは、さすがお侍様。お気付きになられたか」

「ええ。それはもう」

がっしりと、肩を掴まれた。フフフ、万力で締め付けられているかのようだぜ。

「私は別に、好きなだけ見てもいいから」

「マジで!?」

「そりゃあラミアだもの。男誘惑してなんぼのよ？　なんなら、もっとすごいことする？　代わりに血をもらうけど」

そう言って、魅惑的な流し目を送ってくる。彼女いない歴イコール年齢（覚えている限りだけど）の俺にはあまりにも刺激的だ。そして肩の締め付けがさらにひどくなる。強化されてなかったら冗談じゃ済まないレベルでは？　さておき、気になる点が一つ。

「ミーティア。その血というのは必須なのか？　エロうんぬんじゃなくて、生きていくのにというレベルで」

「そうねえ。生き血なら割と大丈夫だけど、やっぱり一番はヒトの血ね」

「じゃ、ちょっと俺の血飲んでみない？」

「ミヤマ様!?　いきなり何をおっしゃっているのですか！」

さすがに肩から手を離してくれた、と思いきや正面回られて両肩掴まれてがっくんがっくん揺さぶられる。正気を失ったかと思われているのか。まあ、さもありなん。

「いやあ、ほら。ダンジョンマスターってモンスターにとってパワーアップ餌みたいなところがあるっていうし。この緊急時、お手軽に戦力強化できるならやっといた方がいいかなぁって」

「そうかもしれませんが！　これは契約してるわけではないのですよ⁉　だったらほかのモンスター……」

エラノールさんの勢いがしぼんでいく。うん、そうなんだよ。

「コボルト、スライム、ゴーレム・サーバントは強化してもたかが知れている。シルフやマッドマンは血を渡しても強くならないと本人たちから聞いている。ストーン・ゴーレムはそもそも食事をとらない。うちのモンスターでそういう強化できる奴、いないんだよ」

正確に言えば、ゴーレムたちに関しては血を使って強化は可能とアルケミストから聞いた。が。時間がかかるらしいので今回は無理。

「あんた、頭に変な精霊でも飼ってるの？　質の悪いラミアなら、死ぬまで血を吸うことだってあるのに」

「それは知らなかった。で、ミーティアはやるのか？」

「やるわけないでしょ。状況が状況だし、そうじゃなくてもそこのエルフが殺しに来るだろうし」

「当然だ」

ふしゃー、と威嚇するエラノールさん。最近猫に見えてきた。エルフ耳かつ猫耳とか業が深いな。いかん、疲れているかもしれない。

「ともあれ。生き残るためだ。吸え」

「……あんたはあれだね。普段は無害そうに見えるのに、危険が近づいたら大暴れするネズミね」

「はっはっは。案外誰もがそうかもしれんぞ」

「心が折れて、諦めるのもそう少なくないわよ」

互いの目を見る。視線をそらさない。腕を出す。掴まれる。ミーティアの口から牙が覗く。噛まれる。痛い。……いや、本当に痛い。男なので悲鳴も我慢するが、限界かもしれない……と思っていた矢先、ミーティアが離れた。体感的に、それほど吸われなかった気がするが。

エラノールさんが懐から布を取り出し、腕に巻いてくれる。ミーティアと言えば、口に手を当ててふらふらと俺から離れる。心なしか顔が赤い。

「なんだ、なんかまずかったか？」

「……あんた、血に何仕込んでるの？　これがダンジョンマスターの血？　やっぱい、なにこれ。理性が飛ぶかと思った」

深く息をして、興奮を抑えようとしているミーティア。どうやら、劇薬だったようだ。

「ちょっと横になってくる。これ以上あんたの近くにいたら襲いそうだよ」

「おーう、その、なんだ。無理させたようで悪かった」

そう言ったら、何やら恨めし気に睨んできた。しかし何も言わずに離れていった。

「うーん、こういう手段は安易にとってはいかんということかな？」

「……さあ、どうでしょうか」

何やらエラノールさんの声が冷たい。ともあれ、腕も痛いしちょっとシャーマンに薬でも塗ってもらおうか。……そう思って移動しているのだが、冷たい視線が背に刺さる。

「何かな、エラノールさん」

「いえ、別に……強いて言うなら、先ほどの話がまだです」

「先ほど？」

「私に対する視線について。ええ、ついでですのでもろ出し女の扱いについてもついでに話しましょうか。色々と」

「……お手柔らかに」

とまあ、息抜きにこんなやり取りをしつつも反撃の準備は進められた。

／＊／

その時が来たのは、日が落ちてまもなくのことだった。洞窟入り口で、三度コボルトが吠える声が響く。あらかじめ決められた合図だ。

俺はバリケード内で待機中。周囲のコボルトに手伝ってもらい、身支度を整える。鎧を身に着けたままというのは、体力を消耗する。コボルトたちの練習の甲斐あって、かなり手早く鎧を身に纏えた。

入り口に今すぐ走り出したいところだが、まだやるべきことがある。この場に持ち込んでいたモンスターカタログの通話紋に魔力を通す。

「イルマさん、来ました！」

『了解しました。それではそちらに向かいますね』

例の扇動者への対策だ。インプを締め上げ黒幕がわかっても、それを止めさせる手段がこちらには乏しい。何せ俺はここから離れられないのだ。そこでイルマさんに協力願った。

彼女は帝国でもトップの組織に所属している。加えて、なんか実家がすごいらしい。万が一相手側が権力者に繋がっていた場合でもみ消されないために、彼女の発言力は非常に助かる。……推測通りに工務店が係っていた場合の対策だ

そういうわけで、インプを捕まえたら彼女に来てもらうことになっていた。通報係として。防衛に参加はしない。前回は仕事でその場にいたから、緊急時の対応ということで参加できたとのこと。役割とグレーゾーンの対応だったらしい。本来帝国の法では過度のダンジョンへの助力は禁止されているとのこと。楽させてもらえないなぁ。

短い会話を終えて、本を閉じる。コボルトに手渡し最後の装備を整える。兜をかぶり大盾、短槍を手に装備。入り口へと走る。

到着した時には、すでに事が始まっていた。コボルトたちの手によって、洞窟前はちょっとした広場になるまで整備されている。森との境、洞窟の正面でエラノールさんとミーティア、黒毛のコボルトが何かを囲んでいる。

「捕まえたよ！」

ミーティアが掲げる何か。初めは朧(おぼろ)な姿のそれが、徐々に鮮明になっていく。赤い肌、コウモリの翼、三角帽子をかぶったような頭。小悪魔、インプ。予想した通りのものが、狙い通りに捕まえられた。となれば、次に来るのは。

「戻れー！　モンスターが来るぞー！」

俺の叫びが先か、彼女たちの動きが先か。二人と一匹が踵(きびす)を返すのとほぼ同時。

「ゴァァァァァァ！」

周囲の木々を揺らすほどの咆哮が、森の中から響いた。近い。皆、足を止めずに走り続けている。

やはり、あの黒毛のコボルトはほかの連中より根性があるらしい。泣きそうな顔しながらも、しっかりこちらに走ってくる。

彼女たちの背後で、木が大きく揺れる。大人の胴ほどの太さの樹木を、叩き付けたこぶしでへし折ってそいつが現れた。

オーガだ。この間ダンジョンを襲撃した奴と比べて、一回り大きい。腕、足、腰、胸、首。全身に力が満ちている。何より、まだ十分に距離があるのに感じるこの威圧感。うっすらと体から放たれる赤いオーラが、ただ者でないと問答無用で理解させてくる。

「ミヤマ様、あれはコインを飲んでいます！」

走り込んできたエラノールさんが、オーガを一瞥(いちべつ)して看破する。

「パワーアップするんだっけ!?」

「はい！　どうか近寄らぬよう！」

肩にかけていた大弓を構え、素早く一射。狙いをつける間などほとんどなかったのに、突撃してくるオーガの胸に深々と矢が刺さる。

「よっしゃ！」

「あの程度では止まりません！　バリケードまで後退を！」

エラノールさんに油断なし。すぐさま第二、第三の矢を放つ。その言葉通り、オーガの歩みは全く衰えない。痛みすら感じているかわからない。足に、肩に矢を受けつつどんどん入り口に近づいてくる。

「戻るぞ！　エラノールさんもほどほどに！」

「かしこまりました！」

あんなでかいのを、この場で抑えるなんて無理だ。何をしに出てきたんだと自分自身思うが、ともかくバリケードまで戻る。ミーティアは相変わらずインプを拘束中。コボルトは……頑張って走っているが、足の短さが致命的。よかった、やること見つかったぞ。

「コボルト、乗れ！」

「わんっ！」

背中にコボルトを張り付かせてダッシュする。両手が塞がっているから支えてはやれない。自力の腕力で頑張らせる。背後から重々しい足音。ヤツがダンジョンに入った。

「ゴァァァァァァァァ！」

咆哮、と同時に何かが勢いよく飛んできた。

「ギャヒンッ!?」

「コボルト!?」

背から悲鳴が放たれる。ぎゅう、と強くしがみつかれる。俺の判断ミスで、コボルトが怪我を!?

「たかが土と石程度！　大したものではありません！」

「唾つけときゃ治る程度だよ！　動揺しない！」

いつの間にか追いついていたエラノールさんとミーティアの声にギリギリで混乱と罪悪感から立ち直る。後で謝る、今は走る！

すでに何度となく走った場所。ある程度のことは体と足が覚えている。経験で走る俺とエラノールさん。接地面積の広さというアドバンテージで移動するミーティア。筋力だけで無理やり突っ込んでくるオーガ。わずかな差が、移動速度になって表れる。

そして見えてくる、バリケード。その前に棍棒を持って仁王立ちする、ストーン・ゴーレム！

「ストーン・ゴーレム！　アターーーーック！」

「……ッ！」

ストーン・ゴーレムは吠えない。しかし、はっきりとした戦意を全身から発しながら、重々しく一歩を踏み出す。俺たちとすれ違う。そして。

「ゴァァアッ！」

「ッ！」

大質量の肉と石。異質な二つが全力でぶつかり合う音がダンジョンに木霊した。その間に俺たちはバリケードに滑り込む。

「コボルトが怪我をした！　治療を頼む！」

「かしこまりました」

控えていたゴーレム・サーバントにコボルトを渡す。確かに大きな怪我ではないようだ。ごめんな、と一声かけてから、戦線に戻る。隣では、ミーティアが別のコボルトにインプを渡していた。奥に来ているはずのイルマさんに届けてもらうためだ。

バリケード前では、二体の重量級が一進一退の攻防を繰り広げていた。オーガは、己のこぶしが傷つくのも構わず、ストーン・ゴーレムを殴りつける。コイン入りの実力はすさまじい。一撃入るごとに、石の体にひびが入っている。

だが、ストーン・ゴーレムも負けてはいない。空気を引き裂く勢いで棍棒がうなる。叩き付けられるたびに、オーガの輪郭が歪んでいく。だが、それでも勢いは全く衰えない。矢の時といい、やはり痛みを感じていないようだ。

その体に新しい矢が刺さる。エラノールさんだ。それは次々と命中するがしかし、大弓の矢が刺さってもびくともしない。これは、何か手を打たなければならない。

「とりあえず火かな！　油！」

こんなこともあろうかと！　ゲーム知識を生かしてこの手の準備を進めていたのだ！　……マッドマンやスライムが敵の足元に入るため、今まで生かせなかった。使えないならこんな危険物をここに置いておくべきではないのでは、とかなり悩んでいたが残しておいてよかった！

一抱えもある油壺（あぶらつぼ）。この手の重量物をぶん投げるのは俺の仕事だ。革と紐で口を縛ってあるから多少傾けても問題なし。怪力を発動。狙いを定める。あとは、タイミングを計って……。

「せー……のっ！」

放物線を描いて、油壺が宙を舞う。狙い違わず、オーガの体に陶器の壺がぶち当たり割れる。盛大に油を浴びるオーガ。ゴーレムにも多少かかったようだが、問題なし！

「エラノールさん、火矢！」

「エルフとして若干思うところがありますが、致し方がありません。誰か、火を」

「はいよ」

エラノールさんが手早く矢にぼろ布を巻く。それにミーティアが手を触れると、発火した。何アレうらやましい、とこんな時にもかかわらず思ってしまう。火矢は素早く弓に番（つが）えられ、引き絞られる。瞬くほどの間の後、放たれた矢。ダンジョンの薄闇を裂いて、オーガの体に突き刺さる。

油に引火する。燃え広がる。

「ゴァァァッ!?」

さしものオーガも、これには反応を示した。そりゃそうだ。いかに痛みを感じない体になっていようと、血の流れる生き物だ。体液が蒸発するほどの熱であぶられて無事でいられるはずもない。粘膜部分だって弱かろう。目が見えなくなってまともに戦えるものか。

顔を押さえ、壁際に突進する。そのまま体をこすりつけて鎮火させるつもりか。やらせるものか！

「ストーン・ゴーレム！　追撃！　エラノールさん、足を狙って！　コボルト！　鉛玉！」

次々に指示を飛ばす。このまま押し込めば勝てる。……そう思ったのは、油断だったのだろうか。

「ゴァァァァァァァッ！」

突如、オーガがバリケードめがけて突進してきたのだ！　その身を一切顧みない全力のタックル。

激震。轟音（ごうおん）。コボルトたちが日々強化を重ねたバリケードをただの一撃で半壊させた。なんという筋力なのだ。まだ燃えている腕が、破損したバリケードを掴む。一振りごとに、防御が失われていく。

「コボルト！　撤退！　マッドマン沼まで撤退！　シャーマン、撤退指揮！」

「かしこまりました主様！」

「マッドマン三体、前進！　ヤツを止めろ！」

「まー！」

あわただしく戦況が動く。破損された隙間を通って、マッドマンが前に出る。マッドマンは泥でできた巨漢だ。本来ならとても通れない隙間だが、形を崩せばずるりと通る。さらに。

「ゴァァッ！」

「まー」

こぶし一つでマッドマンの頭が吹き飛ぶ。泥の頭がべしゃりと壁に叩き付けられて広がる。そしてまたマッドマンへと這いずっていく。さながらスライムのごとく。

ただ殴る斬る突くといった物理攻撃ではマッドマンに致命傷を負わせるのは極めて難しい。泥そのものを、たとえば焼いて乾かすだの水で押し流すだの凍らせるだのしない限りは再生可能。

俺が盛大に燃やしてしまったため、現在オーガはその条件を一部ゲットしてしまっている。が、乾いたのなら水をくれてやればいいのだ。飲み水用として置いてある瓶がある。もうちょっとしたら投げてやれば復活だ。……これは意図したものではない。いい経験をしていると思っておこう！

「いよいしょぉ！」

気合の掛け声が聞こえてきたと思ったら、すさまじい殴打音がオーガの背後で響いた。なんだと思い見てみれば、いつの間にバリケードの外に出たのかミーティアが逆立ちしている。逆立ち？

「もういっちょぉ！」

再び激しい殴打音。今度は見えた。蛇体で思いっきりオーガの背中を打ち据えている。そしてそのまま素早く離脱。ヒトで言うなら浴びせ蹴り、かつドロップキック。普通の人間がやったら地面に倒れて身動きが取れなくなる捨て身技。こんな命の取り合いの時にやるものではない。

しかし彼女はラミア。下半身は蛇。蛇体をうねらせれば、その状態から離脱行動が可能。そうして勢いを稼ぎ、反転して突撃。転ぶように人間側の上体を地面につけ、逆立ち。蛇体は勢いのまま天を突き、さながらハンマーのごとくオーガに振り下ろされる。

「らぁくしょぉ！」

気合一発、打撃音。なんだあれ、ラミア格闘術とでも言えばいいのか。マッドマンが三体がかりで押さえ込んでいるからこその連打だろうが、それにしたってすさまじい。筋肉の化け物であるオーガが一発もらうごとにふらついているんだ。

まあ、女性にこう言うのもあれだが、彼女の蛇の部分の重量はかなりあるだろう。長さ、筋肉、骨、血。その重さを勢いを持って叩き付けられたらああもなるか。

「ミーティア！　熱くないのか！」

何せ彼女、燃えているオーガを乱打してるんだ。平気でいられるものではないだろう。

「あんたの血のおかげでね！　一瞬ならどうってことないよ！」

まじか。とんでもないな俺の血、というかダンジョンマスターの血。そりゃモンスターたちが血眼になって食いに来るはずだわ。

さすがに、ウォーハンマーのごとき打撃の連打には耐えかねたのかオーガが振り向く。その顔に、棍棒が叩き込まれる。

「グボォ⁉」

「……ッ！」

ストーン・ゴーレム、到着。ミーティアとマッドマンたちの頑張りのおかげだ。度重なる攻撃と足止めに、さしものオーガの動きも鈍くなる。

そこに棍棒の打撃。血が飛び散る。歯が飛ぶ。鼻が折れる。肉が焼ける。コインの加護があって見た目以上の防御力があるのだろうが、関係ない。

「ストーン・ゴーレム！　棍棒じゃなくてこぶしで殴れ！　動けなくなるまで徹底的に殴れ！」

「ッ！」

ゴーレムが棍棒を放り投げる。右こぶしを振りぬく。オーガの肉が潰れる。左こぶしを振りぬく。オーガの骨がきしむ。石のこぶしの連打が続く。逃げたくても、マッドマンたちが邪魔をする。俺がアシストで水ガメを投げる。水分補給したマッドマンたちがさらにまとわりつく。オーガはたまらず腕でガードする。

「そこです」

的確に、脇腹に木槍が差し込まれた。機会を狙っていたエラノールさんの一撃だった。素早く引き抜く。あっという間にオーガの攻撃範囲外に出る。さもありなん。あの怪力で殴られたらひとたまりもない。うちに、ＲＰＧのごとく瞬時に傷を回復させる方法はないのだ。回復能力持ちのモンスターは高額だ。

散々ぶん殴られ、脇腹の傷。水を補給したマッドマンたちはまだ粘れる。このまま押し込めば今度こそ……。

「ゴォ……アアアアアアアアアアアアアアアアッ！」

爆発したかのような、咆哮をオーガが放った。その顔面を、ストーン・ゴーレムのこぶしが捉える。が、

「ゴギャラァ！」

「ッ⁉」

顔面が砕かれるのも構わず、全力のカウンターをゴーレムに放った。石の上半身に、無数のヒビが入る。かけらがいくつも落ちる。……うっそだろ。ピンチになったから怒ってパワーアップ⁉

それは物語の主人公の特権だろうが！

たまらずゴーレムが後退する。その隙をついて、オーガが全力で手足を動かす。まとわりついていたマッドマンの体が四方八方に飛び散る。まずい、破損部位の合体回収が追いつかない。このままだと拘束が解ける！

「サングィス・フルーメン・マルディィシオン……ッ！」

禍々しい声が、ダンジョンに響く。背筋が寒くなる気配を放つのは、ミーティア。赤黒いオーラが両手に集まっている。呪文⁉

「癒えぬ傷、穿たれた失敗、流れ出たものは戻らない！　枯れ果てよ命！　ロスト・ブラッド！」

「ガァァァァ⁉」

投射された呪いが、オーガを包む。怒りのままにあらがうオーガだが、赤黒い力は確実にオーガの中に浸透していきやがて見えなくなった。

次の瞬間。オーガの傷という傷から、血が噴水のごとく飛び出てきた。

「うっわぁ⁉　ミーティア何やったの！」

「とっておきだよ！　傷が多ければ多いほど大ダメージ！　さあ、やっちまいな暴れん坊エルフ！」

「言われずとも！」

槍を手放し、木刀を抜く。振る。一刀ごとに傷口ができる。血が噴き出す。木刀で斬ることはできない。だが肌を引き裂くことはできる。彼女の速さと正確さがそれをなす。上段、中段、下段。一刀の終わりは次の始まり。まるで踊るような連続斬撃。エルフの器用さと速さは、刀の要求するそれとあまりにマッチしていた。だから、ダンジョンマスターソウマはエルフにこれを教えたのか。サムライの技は、エルフにこそふさわしいと。

「オォォォォ……ォ……」

どれほどの怒りがあろうとも。どれほどダンジョンコインの強化があろうとも。血がなくては生きてはいけない。オーガは驚くほどの血を流し、やがて動かなくなった。炎は残ったままだったが、やがてそれごと死体が消えた。ダンジョンに食われたのだ。

「終わった、か……おわったぞぉぉぉ……」

「ワオーーーーーン！」

俺の声に、コボルトが勝鬨を上げる。ダンジョン奥に逃げ込んだコボルトたちの声も聞こえる。早速、スライム・クリーナーが現れた。随分汚れたからな。ありがたい。

「火が残ってるから、気を付けるんだぞ」

座り込んだ俺の隣を、スライムたちが移動していく。代わりに、マッドマンたちが戻っていく……いや、スライムたちが張り付いた。場所が場所だったから、オーガの血をもろに浴びてしまったからなぁ。兜を脱ぐ。熱が抜けて気分がいい。

「お疲れ様でした、ミヤマ様」

「とんでもない大物だったわね」

エラノールさんとミーティアも戻ってきた。二人とも怪我はないようだが、あれだけの大立ち回りだ。埃や何やらでひどいことになっていた。

「二人とも、お疲れ様。ありがとう、よくやってくれた」

「ガーディアンとして当然の務めです」

「あの血を飲んじゃったし。いい運動になったわ。正直持て余してたもの」

「そんなにか」

「そうよ。あの大暴れでやっとすっきりって感じ。ラミアの再生力は高いけど、打ち身擦り傷軽いやけど、もうほとんど残ってないわ。ほら」

そう言って、最低限しか隠されてない肢体を見せつけてくる。……そういう部分から目をそらし、主に蛇体を見てみるが確かに傷らしいものはない。

「すごいもんだ……でも、水浴びは必要だな」

「本当ね。さすがに疲れたし、すっきりして一眠りしたいわ」

「私も、お風呂……は、ないので沐浴を……」

俺も風呂に入りたい。マッドマン風呂は準備に時間がかかる。やはり間に合わせでは限界があるな。レナード氏に相談してみるか……。

そんなことを考えていた俺の目前に、シルフが現れた。ダンジョン内で火責めなんて無茶ができたのも、シルフが換気していてくれたおかげだ。

「ああ、シルフ。お前もよくやってくれた……って、どうした？」

彼女はその小さな手で入り口を指さす。一体何が。疲労で重い体を持ち上げる。……特に何も見えない。胸部が破損したストーン・ゴーレムが立っているだけだ。早く直してやらないとな、とは思うが……。

「ォォォォォォォォ……」

聞こえた。今まで聞いた、どの怪物の声とも違う咆哮。苦痛にあえぐ悲鳴のような声。背中に氷を放り込まれたような、ぞっとする寒さ。そんなものが、ダンジョンの外から聞こえてきた。

「なんだこの声!?」

「まさ……か……」

エラノールさんが、かすれた声を出す。どんな状態でも沈着冷静だった彼女が、真っ青な顔になっている。

「エラノールさん、あれは何!?」

「いるはずが……ないのです。もしいたら、この森はとっくに壊滅している。ああ、でも、この薄気味悪さ。森で感じたのはこれ……」

「エラノールさんしっかり！　あれは一体……」

「苦痛軍（アーミー・オヴ・ペインズ）に、間違いありません。子供の頃に聞いたあの声と同じですから」

その言葉は、背後から聞こえた。振り向けば、彼女もまた険しい表情をしていた。

「イルマさん、そのペインズって確か異界からの侵略者じゃ？　確かなんでも取り込むとかなんとか」

イルマさんがこれ以上もなく表情を硬くしていた。インプの対応をしていてもらっていたはずだったが、この事態でこっちまで出てきたのか。

「はい。数いる侵略存在の中でも最も恐るべき怪物です。単体で、街どころか小国すら壊滅させうる能力を持っています」

「は？　……一体で？」

それはもう、怪物ではなく怪獣では？　放射性廃棄物をガブ飲みしたのでは？　そんな益体もないことが頭によぎるほど突拍子もない話だった。

「ペインズには最悪の能力があるのです。食って力を蓄え、それを使ってほかの生物に呪いを移すのです。人だろうが動物だろうがモンスターだろうが、己の部下にしてしまう。一度そうなってしまっては助かりません。ダンジョンと契約してても、です。そしてそれは、ダンジョンマスターも例外ではありません」

「……はっ。まじですか」

思わず笑ってしまった。なんだそのチート。確かにそんな力を持っていれば一体でも国を滅ぼしうるか。

「私も戦います……が、申し訳ありません、勝てません」

「無理、ですか」

「侵食された兵士(ポーン)なら問題ないのですが。元である隊長級(リーダー)となると、戦闘訓練を受けたハイロウが五人は欲しいところです」

「うちの戦力を含めても？」

「……ストーン・ゴーレムがあと二体いてくれれば」

今から取り寄せても間に合わない。敵は、刻一刻と近づいている。わかるのだ。飢え、痛み、乱心。尋常でない気配がダンジョンのすぐ近くに迫っている。

「……援軍を呼ぶことは？」

「可能ですが。それまで、ダンジョンが持つかどうか」

どうする。どうすればいい。さすがにこれはないだろう。今までなんとかやってきた。何か落ち度があったか？　生っちょろいこと言わず、借金してでも戦力を整えればよかったか？　偵察にもっと力を入れればよかったか？　……ダンジョンマスター様とか言われて、舞い上がっていたか？　ただの日本人、量販店員ごときがちょっとあがいた程度で何かできると勘違いしたか？　そうだ、しょせん俺はこの程度……。

くぅん、と足元で鳴かれた。コボルトだ。何匹ものコボルトが、気付けば俺を囲んでいた。皆、震えている。ペインズを恐れているんだ。

「……ふんっ！」

がつんと、自分の額をぶん殴る。凹んでいる場合か。弱さを理由に逃げている場合か。たとえ俺がザコだとしても、こいつらを守らない理由にならない。だって俺が呼んだのだ。俺が責任を持たなきゃならないのだ。俺が契約した。ダンジョンマスターとして。

放り出していた兜をかぶる。やるべきことをやろう。

「ゴーレム！　こっち側に来い！　スライムも！　お前らは沼まで下がれ！　イルマさん！　氷の魔法使ってましたよね。壁は作れますか？　このバリケードを補強するような」

「は、はい。可能ですが、ペインズには……」

「少しでも時間が稼げればそれでいい！　コボルト！　コアルームから本とコイン取ってこい！　援軍が来るまで全力で粘るぞ！」

わん、とコボルトたちが走り出す。俺はバリケードを即席で補強し出す。完璧など不可能だが、一秒でも稼げるならなんでも突っ込む。

「ミーティア。逃げるなら今だぞ」

「もう無理よ。今出たら追いかけられて兵士の仲間入りよ」

「そうか。じゃあ手伝ってもらう。あの呪文はまだ使えるか？」

「使えるけど、たぶん抵抗されるわ。あれらがちょっとやそっとの呪文で死ぬならハイロウがあんな決死の表情しないわよ」

「そうか。そうするとあとは……」

そんな話をしながら手を動かす。突如、爆音が洞窟前で轟いた。

「今度はなんだーーー!?」

思わず叫んだ。赤い光が見えた。あれは、炎か。ほんの一瞬、恐ろしい気配が緩んだ。誰かが戦っている？

「私が見てきます！」

疾風のごとく、エラノールさんが飛び出る。やはり速さは彼女が一番か。ついていきたいところではあるが俺では文字通りの足手まとい。

「イルマさん、氷の壁いつでもやれるように準備を」

「はい、すでにできてます」

彼女の周囲の空気が冷たい。頼もしい。ギリギリ、なんとかできるんじゃないかという気になってくる。そうでなくてもなんとかしなければならないのだが。

わずかな時間で、エラノールさんが戻ってきた。男が一人、必死の形相で彼女の後ろを走っている。銀色の短髪。きっちり着こなしていた礼服も、さすがに今は乱れがち。カミソリのような気配もどこへやら。あいつは。

「工務店の……！　なんでここに？」

さすがに、クソ野郎という言葉は呑み込んだ。工務店の男は、袖から何かを取り出すと、大きく広げた。あれは、巻物（スクロール）？　あんなの袖に入らんだろうにどうやって。

「発動！　スパイダーネスト！」

そのまま後ろにぶん投げると、巻物が光に変換された。その光は一瞬で引き延ばされ、洞窟入り口をびっしりと覆う蜘蛛の巣となった。壁か！

「戻りました！」

「と、突然の訪問、失礼、します……っ！」

華麗にエラノールさんが。息を切らせて工務店の男が。それぞれバリケードの中に逃げ込んできた。

「お、おう。……細かいことは後回し！　手伝ってもらうぞ！」

「もちろん、です。あんなものが、この森にいたなんて……。ともあれ、責任は取ります」

「お、おう？」

……え。今こいつさらっと自白した？　などと考えている時間はなかった。蜘蛛の巣が、大きくたわんだ。

「イルマさん、壁ぇ！」

「グラキエース・パリエース・ファケレ！　立ち上がれ霜の柱、閉じられた柩（ひつぎ）、とこしえの冬の国よ！　停滞をここに！　ウィンター・ウォール！」

膨れ上がる冷気。放たれる氷雪。瞬く間にバリケードが氷に覆われる。幅一メートル以上ある、分厚い氷の壁だ。これでダメとか一体どういう怪物なんだ……という疑問は、すぐに解消された。蜘蛛の巣を突き破り、そいつが現れたからだ。

「オオオォォォォォ……」

そいつは、不気味な紫色のオーラを漂わせていた。二メートル程度の体躯（たいく）を持つ、人型の怪物。一番似ているのはオークだろうか。顔は苦痛に歪み、瞳は正気と思えぬ輝きを宿している。特徴的なのは、黒い茨のような何かを体に巻き付けているということ。まるで有刺鉄線だ。そんなものが体に刺さっていたら、そりゃ痛いだろう。あんな声も出る。

そいつが、はっきりとこちらを見定めた。ずきり、と胸が痛むこれは……コアだ。コアがこいつに反応している。俺が耐えられる限界の力を注ぎ込んできてる。わかってる。あれは倒す。

「不意打ちで爆裂火球（エクスプロージョン・ファイアーボール）を叩き込んだのに、ろくなダメージが入ってませんね……兵士がすべて倒せたのは幸いでしたが」

「入り口辺りの爆発、それだったのか。よくやってくれた」

こいつ一体でも手に余るのに、兵士とやらまでいたら完全に無理ゲーだ。……工務店のが、苦笑を浮かべているが突っ込んでいる暇がない。

エラノールさんが早速大弓を放つ。この状況でも狙いは冴えわたっている。一射ごと、確実に獲物に命中。顔、首、胸。どこも致命傷であるはずの場所に刺さっていく。だというのに、その歩みは止まらない。さっきのオーガもそうだが生き物だろ、そこは死んでおけよ。

俺も、コボルトが投石紐で使う鉛玉を用意してある。わざわざひし形に鋳造した特別なやつだ。古代ローマ兵は、こいつで鎧をぶち抜いたという。さっきからコアが無駄に送り込んでくるパワーを思いっきり込めて。

「ピッチャーナツオ君。第一球……」

凍ったバリケードの隙間を縫って、大きく振りかぶり。

「投げましたッ！」

およそ人が投げたとは思えない、空気を裂く音が響く。狙いたがわず、ド真ん中。ペインズの胸板にデッドボール。血肉がはじけ飛んだ。

「う、わ……いや、よし」

自分でやっておいてあれだが、グロいことになってしまった。だが、ダメージは入る。殺せないチート野郎では、ない。

「オオオオォ！」

さすがの怪物も、今のはダメージと認識したらしい。咆哮を上げて突撃してくる。あの速度、さすがに二回目の投球は間に合わない。バリケードがどれだけ持ってくれるか……。

「い、まぁッ！」

ミーティアが、吠えた。跳ねるように突進していたペインズの動きが、一瞬だけ固まった。巨体が、全力疾走していたのだ。そんな時に走るリズムを崩したらどうなるか。足がもつれる。なんとかバランスを取ろうと、バタバタと足踏み。そこへ、

「発動！　スピリット・スネア！」

工務店の男が再び巻物を広げた。巻物は光となり地面へ。そしてペインズの足元に、無視しえない土の小山を作った。引っかけた。顔面から、氷の壁に突っ込んだ。

死を連想させる、鈍い音がした。

「お、おおおう……」

思わず、うめく。絶望的に強い敵である。情け無用でいくべきである。でも、ひどいことをしてしまった感が強い。

「いやあ、安物の巻物でしたが持ってきてよかったです……ねっ！」

「学生がよく生活費稼ぎに書いてるんですよね、あれ！」

ハイロウ二人も、あまりのことに気の抜けた会話を……しているだけだった。工務店の男は言いながらもナイフを投擲。閃光(せんこう)のごとき一投が放たれ、ペインズの体に刃(やいば)が半ばまで突き刺さった。

次の瞬間、そのナイフは消え持ち主の手元に戻った。魔法のナイフなのだろう。いいものを持っている。

イルマさんもこぶし大のオーブを掲げ、光弾を次々と打ち出している。マジックアイテムなのか、彼女の魔法なのか。どちらにしても油断のない二人だ。俺も気を引き締めねば。

で、そのきっかけを作ったミーティアだが……。

「う、わぁ！　ミーティア、目！」

血の涙なんて初めて見た。例の、金縛りの魔眼を使ったのか。そんなに負担がかかるものとは思わなかった。ミーティアは男前に目元を腕で拭う。

「こんなのすぐに治る。それより、まだぴんぴんしてるよ！　ああ見にくい！」

「横着せず水で洗いなさい」

ミーティアをエラノールさんに任せてペインズの様子を見る。生きている。今のうちにダメージを稼がねば。幸い、いい感じの瓦礫がすぐ近くに。こいつを後頭部に叩き込んでやればたとえ怪物といえど無事では済むまい。持ち上げる。思いっきり自分の頭の上に振り上げる。

ペインズががばりと起き上がった。

「オオオォォ！」

「ああああ!?」

びっくりしてその顔面に全力でぶん投げた。直撃。怪力を込めてぶん投げたというのに、びくともしない。それどころか、今までのダメージすらなかったかのように、こぶしを振りかぶった。俺めがけて。手元にあったとはいえ、大盾を引き寄せられたのは奇跡のようだった。

「オオォッ！」

……気が付いたら、仰向けに倒れていた。大昔の特撮のオープニングのように、世界がぐにゃりと歪んでいる。なんだこれ。どうなった？　遠くで、誰かの泣き声が聞こえる。誰だ？　イルマさんか？

「……っかり……しっかりして！　ミヤマ様！」

　やっとまともに聞こえた。そして全身がしびれている。呼吸が上手くできていない。苦しい。痛い。……そうか、殴られたのか。それは痛いわ。え、何。衝撃強すぎて記憶が飛んでいる？　やばいぐらい殴られてない俺？

「わんっわんっ」

　コボルト数匹に持ち上げられる。体に力が入らないから、されるがままだ。ぼやけていた視界がやっとまともになってきた。兜がどっかに行ってしまった。大盾が破片になって散らばっている。

　一呼吸ごとに体がきしむ。もしかしてどこか折れたりしてるんだろうか。

「オオオッ！」

　ペインズが吠えている。腕の一振りごとに、氷の壁が壊れていく。分厚いからこそまだ持っているが、崩壊は時間の問題だ。攻撃は続いている。イルマさん、エラノールさん、ミーティア、工務店の男。だけど、決定打といえるものを出せている人はいない。あれだけの猛攻を受けても、怯みもしていない。

　このままでは、時間を稼ぐなんて夢のまた夢。援軍は間に合わない。そもそも呼べてすらいない。まともな手段ではだめだ。ひどい手段を思いつけ。たとえば、足の指を狙う。指がなくなるだけで、まともに歩けなくなると聞く。あの体で踏ん張りが利かなくなるというのは大きい。……ミーティアにもう一回だけ止めてもらって、実行？　いや、エラノールさんが刀を持っているならともかく、木刀や木槍では厳しいだろう。却下……いや、保留。次。

急所を狙う。目、鼻、喉、股間……だめだ、もうみんながやってる。若干嫌がっているようだが、そこで終わっている。人体急所なんだからもっと致命的にダメージ入れよ。

もっとだ。もっとえげつない手じゃないとだめだ。相手の土俵で戦わない。相手の強みを出させない。こっちの強みだけで快勝する。相手が筋力お化けなら、それが使えない状態に持っていく。

さっきの足の指の案は悪くない。力を出させない。悪い足場。……マッドマンの沼！　よし、いいぞ。あそこなら動きも鈍くなる。だけど、まだ足りない。もっとだ、もっと致命的な何かを。ああ、くそ、呼吸するのも辛い。あばらにヒビでも入った……。

「これだ」

奴を、見る。……よし、いける。がたがたの体を引き起こす。激痛が、稲妻のように駆け巡る。

「イルマ、さん……こっち、へ……」

もっと大きな声を出したかったが、蚊の鳴くような音しか出なかった。でも、彼女は来てくれた。泣きたい。でも無視だ。

「ミヤマ様！　大丈夫ですか!?」

「氷の壁を、もう一度頼む」

「でも、わずかな時間しか」

「その時間が、欲しい。みんなで、沼まで引き上げる。そうしたら……」

痛みで喉が詰まる。馬鹿野郎。ここで言わなかったらみんな死ぬんだぞ。コア！　ダンジョンコア！　なんとかしろ！　今だけでいいから！　……ぎしぎしと、体中に何かがねじ込まれる。きっとよろしくないことが起きている。でも、痛みが少し治まった。ありがとうよ、これならいける。

「そうしたらあいつを、沼に落とす。落として、ストーン・ゴーレムで上から押し込む。泥で、窒息死させる」

そうだとも。奴は呼吸している。茨巻き付けなんてパンクなファッションをしているが、生物であることに変わりない。

イルマさんは一度大きく目を見開くと、頷いてくれた。

「我らが主、大海竜ヤルヴェンパーも苦痛軍（アーミー・オヴ・ペインズ）をまとめて海に引きずり込んで倒したことがあります！　いけます！」

「頼む」

「はい！　全員下がれー！　もう一度壁を建てる！」

前線で戦っていた全員の視線が俺に集まる。頷けば、皆一斉にこちらに走ってくる。イルマさんの術はそれを待たずに詠唱開始。ペインズは妨害者がいなくなって一気にバリケード破壊を進める。

「ウィンター・ウォール！」

再度、氷の壁がバリケードを巻き込んで建設される。ペインズもそれに巻き込まれ、腕を壁に埋め込まれる形になった。だが。

「オオオオォォォォォ！」

ぴしり、ぴしりと氷の壁にひびが入る。わかっていたが、長持ちはしないようだ。前線組が俺の周囲に集まる。問われる前に、言う。

「マッドマンの沼に落として溺れ死にさせる。下がるぞ」

表情は様々だ。驚愕を表すエラノールさん。衝撃を受ける工務店の男。最後に獰猛な笑顔のミーティア。

自分自身、早く下がらねばと移動を始めたがだめだ。あのこぶしは相当だったらしい。コアのさらなる補強を受けてもまともに歩けやしない。ふらついて歩くこと三歩。見かねたのか工務店の男が肩を貸してくれた。

「おう、悪いな。工務店の」

「……ヨルマ・ハーカナです！　ともかく、お急ぎを」

そんな名前だったか。肩を借りて、痛みできしむ体を前へ押し出す。背後では、氷の壁が破滅的な音を立てている。際限なく冷や汗が流れる。心臓が躍る。ビビるな。やるしかないんだ。思わず上げそうになる悲鳴を、大げさなくらいの呼吸でごまかす。

歩きなれた道が、とても長く感じる。この世界に叩き込まれてから今日まで、この洞窟の整備を続けてきた。水たまり、ぬめり、岩、段差。自然環境そのままのここを、こうやって普通に移動できるようにしてきた。その成果が、一か八かの策に繋がっている。このまま死ねば、諦めたら今までのすべてが無駄だったことになる。冗談じゃない。負けてたまるか！

朦朧とした頭で、この策を成功させるべくさらなる手立てを考える。推敲している時間はない。思いついたまま どんどん突っ込む。

「……そうだ。ハカーナ、さん。蜘蛛の巣のスクロール、まだあるか」

「ヨルマで結構です。あと一本ございます」

「ちょっと変わった使い方を頼みたい」

歩きながら、策を伝える。笑顔というには、ひどく硬い表情をヨルマは浮かべた。

「よくもまあ、そんなに思いつくものですね」

「追い詰められてるからな。人間、困ったときほど無茶苦茶やるんだよ」

「……無茶苦茶の方向性が、人によって違うのは何故なのでしょうね」

話しているうちに、マッドマンの沼に到着。渡し板はさすがに一人で行かなければならない。平時用に、もっと広くしようかという話が出ているのだがまだ手が回っていない。こういう緊急時のためにも、生き延びたら早めに手を付けよう。

「じゃあヨルマ、頼んだ」

「お任せを。そして、お急ぎを」

エラノールさんは何も言わずに殿(しんがり)についた。まあ、彼女は戸板が外れた飛び石状態でも対岸に渡れるからな。俺はイルマさんに手を引かれながら、最後の手を尽くす。

「ミーティア。頼みがある」

「何よ。さすがにもう色々限界よ？」

「金縛りの魔眼だ。あいつを沼に落とすために頼みたい」

「無理。あれを拘束するだけの力が残ってない」

「俺の血を飲んだら、どうだ？」

ミーティアが、思いっきり顔を引きつらせる。美女がやっていい表情ではないな。

「あんたねぇ。それでなくても我慢してるんだよ？　この疲れ切った状態であんたの血？　止めてよ、本気で理性飛んで飲み干すわよ？」

「ギリギリ命が残る程度でなんとかならんか？　さすがに死ぬとダンジョンがまずい」

「無理言うのも大概にしなさいよあんた。……そっちのハイロウ。やばかったらあたしの頭張り倒して止めてね」

「ええ、頭が残る程度には加減しますから」

あははは、と。誰も彼も余裕のない、でも笑うしかないという極限状態。でもまだ笑える。まだ希望がある。

「オオオォォォォォ！！！」

特大の破砕音と共に、咆哮が響く。洞窟全体に轟く足音が近づいてくる。さあ、最後の大勝負だ。戸板を渡り切る。ヨルマもギリギリで渡ってくる。エラノールさんは沼の中央にある飛び石の上で弓を放ち続けている。来る。

「ミーティア！」

首筋に、激痛。後ろから彼女が牙を立てたのだ。あふれ出る血を、ミーティアが飲む。痛みのおかげで、薄くなりそうな意識がかろうじて保たれる。

ペインズが、向こう岸に見える。エラノールさんが飛び石を渡って後退する。

「オオオオオオオオッ！」

叩き付けられる、咆哮。ビリビリと全身を震わせる。俺の声はそれに負ける。だが、伝えたい奴には、伝わる。一人はすぐ後ろに。一人は契約で。

「やれ」

「アアアアアアアアアッ！」

ミーティアが、吠える。コアの力がたっぷり乗った血は、彼女の魔眼を確かに強化したらしい。見事、二度目の金縛りを成功させる。動きが止まった。後ろで倒れる音。ミーティア、よくやってくれた。

そして、ペインズの後ろから白い人型が迫る。

「ッ！！！！！！」

ストーン・ゴーレムだ。その表面に、たっぷりと蜘蛛の巣が張り付いている。そう、ヨルマに頼んだのがこれ。この状態で、壁際に突っ立たせておいたのだ。あんなに急いで突っ込んでこなければ、不自然にでかい蜘蛛の巣を見逃すこともなかったろうに。あるいはそんな知性がないのか。

ともあれ、金縛りでは避けようがない。ゴーレムのぶちかましで、ペインズが沼へ押し出された。

「いぃぃぃぃやっ！」

エラノールさんが、飛んだ。跳躍し、落ちている最中のペインズに大上段から木刀を叩き込む。

ペインズの金縛りが解ける。だが、反応しきれない。血肉が飛び散るほどの一撃を、額に受ける。

「オオオッ!?」

エラノールさんはそのまま、ゴーレムの背を踏み台にして向こう岸に着地。派手な泥しぶきを上げて、ペインズが落ちた。

「ぎぁぁぁぁぁ！」

三体のマッドマンが、ゴーレムと協力してペインズを押さえ込む。何がなんでも息継ぎさせまいと、泥を顔に突っ込む。

イルマさんとヨルマが、最後の押し込みとばかりに攻撃を再開する。コボルトたちも、シャーマンの指示で投石紐を使って投げまくる。

だが、それでも奴は暴れる。泥が跳ねる。ゴーレムが振りほどかれそうになる。まだ足りないのか。これ以上、何ができる。出血と疲労とダメージ。いよいよコアの力でも持たないくらいに、意識が飛びそうになる。

「ワンッ！」

気が付けば、隣にコボルトがいた。そいつが抱えているものを見る。

……ああ、そういえば持ってこいって言ったな。え。そっちも持ってきたの？ ……そうだ、これもマジックアイテムだったか。じゃあ、足しになるか。

掴む。振りかぶる。ピッチャーナツオ君。第二球……、

「それは、うちの、ダンジョンカタログ！」

投げました！ 狙いたがわず、ペインズの頭にデッドボールでストライク。ハンマーでぶん殴ったような音が響いた。

「クソ、食らえ」

そこで、俺の意識は限界を迎えた。

／＊／

機械の音が聞こえる。歯車、バネ、ゼンマイ。蒸気、燃焼、圧縮。たくさんの機械が動いている。工場だ。とんでもなく大きな工場だ。どこまでも、どこまでも。彼方から、此方まで。地平線の果てまで続く大工場。近くて遠い隣の異世界。こいつは、そこにある。こいつは、そこにいる。

それは一つの機械。赤い、コアと同じ色の機械。永遠に動き続ける機械。その中央に、痩せた赤髪の少年がいる。上半身のみ。下半身は機械と一体化している。

そいつが、俺を見ている。俺は、そいつと繋がっている。コアだ。ダンジョンコアは、そいつと繋がっている。俺は、ダンジョンコアと繋がっている。

今なら、すべてがわかる。こいつがダンジョンメイカー。いや、これはこいつの存在を隠す名前。本当の名前は、グランド・ダンジョンコア。すべてのコアの親。生産元。親機と子機。機械化惑星(エキュメノポリス)。機械仕掛けの神(デウス・エクス・マキナ)。

「情報収集。状況確認。予測との差異について、検討を開始」

こいつは、あの森にはぐれペインズが眠っているのを知っていた。だからあそこに俺たちのダンジョンを開いた。ダンジョンが開かれることでモンスターが間引きされる。兵士になるモンスターを減らせる。ダンジョンが強くなったら、ペインズを処分させる。そういう計画を立てていた。

「検討完了。問題を認められず。状況終了を確認」

こいつが、俺の記憶を持っている。思い出せないはずだ。引っこ抜かれている。ああ、今なら思い出せる。父さん、母さん、姉さん、姉さんの旦那さん、生まれて一年の姪っ子。初恋の人、友人、親しい人々の記憶。すべてこいつに持っていかれている。

「初期計画の完了を認める。基礎命令の実行を継続せよ」

俺に言ったわけではない。コアに命令したんだ。俺は付属品にすぎない。殴りたい。文句を言いたい。だが指一本動かない。声も出ない。夢を見ているかのようだ。実際、そうなのかもしれない。

「直接接続を解除。通常通信状態に移行……」

ぶつぶつと、何もない前を見ながらつぶやいていたグランドコアは、はじかれたように空を見上げた。そこには、満天の星空があった。……違う。これは星空ではない。世界だ。星のように輝くそれ、一つ一つが世界なのだ。

そしてその中の一つ、怪しく紫色に輝く世界が色を失った。あの色は、ペインズの色。

「は、ははは、はははははははは！　まただ！　また一つ！　食らい合え！　何も残さず枯れ果てろ！　お前には、お前たちにはもう、何もくれてやらんぞ！」

笑う。機械が笑う。怒りと憎悪を込めて紫の星空を笑う。あの星、あの世界全部がペインズに侵略されている。百か、それとも二百か。色はほかにもある。真っ黒な星は殺戮機械群。濁った緑は異界の超生命。ほかにも、様々な侵略存在が各世界を滅ぼしている。一体、どれだけの世界が食いつくされたのか。

「潰し合え潰し合え！　それが嫌ならここに来い！　この決戦世界に！　私と友のダンジョンに！　ここから先は通さない！　私がお前たちを食いつくす！」

　ここは、この世界はチョークポイント。天に広がる世界は、行き来自由。しかしそれ以外に行きたければ、この世界を通らねばならない。こいつは、この世界で栓をしている。この世界で、ダンジョンで、侵略存在達を迎え撃っている。

　そして、この世界の向こうには、地球が……。

「……通常通信状態に移行する」

／＊／

目を開ける。見慣れた、俺のテントの天井だ。喉が渇いた。体が痛い。生きている。……夢を見た。ダンジョンメイカーの正体とその目的。あの星、あの世界一つ一つに幾千万の怪物がひしめき合っている。やつはそれをここで食い止めている。

なんでそんなことを始めたかはわからない。だが、それをしなければほかの世界が食い潰されるのだろう。あの天に広がる世界群のように。……地球も。

大いに、複雑な気分だ。あいつは多数の世界を救うために、多数の人生を引っ掻き回している。そうしなければ被害者たちの人生どころか世界そのものが消えるとしても、なかなか呑み込めるものではない。志願制とまでは言わないが、せめて初期説明ぐらいあってもいいのでは？　あと、記憶を封じることについては本気で納得できない。

あそこで、確かに思い出せた家族友人のこと。今は全く思い出せない。家族構成ぐらいしか、残らなかった。それが残っただけまだましなのだろうが……。

「……ごほっ。くそ、やっぱりヤツについて言葉にもできんか」

しっかりプロテクトがかかっている。用意周到だ。

「わんっ！　わんっ！」

コボルトが、俺のテントに飛び込んできた。黒毛のあいつだ。尻尾をこれでもかと振っている。何か応えようと思ったら、次々とコボルトがやってくる。あっという間にテントがコボルトでいっぱいだ。

「おお！　主様、お目覚めですか！　お加減は!?」

遅れてシャーマンもやってくる。後ろにはアルケミストもいるようだ。

「喉が渇いた。体は痛いが、ひどくはない。みんなは？　ヤツはどうなった？」

「みんな無事ですぞ！　あの恐るべきペインズも、沼に沈んで消えました！　ご安心くださいませ！　では、早速水を……」

「お持ちしました。皆さま、通してくださいませ」

ゴーレム・サーバントが水差しを持ってきてくれた。起き上がろうとすると、体がきしむ。結局寝たまま水を飲ませてもらうことになった。

「ストーン・ゴーレムですが、修理可能です。今はスライムたちに泥と蜘蛛の巣を掃除してもらっています」

「そうか……」

みんな、元気そうだ。ああ、そうか、そうだな。

「勝ったな。みんな、お疲れ様だ」

「わんわんわんっ！　わんわんわおーん！」

「これ！　主様はまだ伏しておられるのだぞ！　騒いではいかん！」

「シャーマンさんも先ほどから随分大騒ぎでしたが」

「はう！」

勝鬨を上げるコボルト。アルケミストから鋭い突っ込みもらうシャーマン。エラノールさんたちも、テントの外からこちらを覗いている。

深々と、息を吐く。勝った。……ヤツのことは、この際置いておく。俺のダンジョンが勝った。それがすべてだ。なあ、ダンジョンコア。胸に感じる繋がりに意識を向ければ、返答のようなかすかな反応が返ってきた。

七話　同じ場所で笑う

まともに動けるようになるまで、丸二日かかった。コアの力とシャーマンの呪文、両方使っての結果である。一般人から見れば驚異的であり、最近の襲撃具合から見ればあまりに遅いといえる。

だが、襲撃は起きていない。周辺を偵察したエラノールさんの話では、モンスターたちは縄張り争いに忙しくダンジョンを目指してはいないらしい。まあ、ペインズの大暴れは森のモンスターたちにとっても刺激的だっただろう。しばらくはそのままでいてほしい。

何より、扇動者がもういないというのが大きいだろう。何せ、我がダンジョンで沙汰を待っているのだから。

「……椅子に、座ったら？」

「いえ、このままで」

「……イルマさん？」

「ずっとこの通りですので」

居住区、焚火前。俺とイルマさんは椅子に座っているが、ヨルマは地面に正座している。むき出しの地面だ、さぞかし痛いだろうに。それが己には当然であるとヨルマは言う。……正座文化、どこまで伝わってるんだろうね。

ペインズを倒し、俺が寝込んだ後。彼は包み隠さず自白した。やはりというかなんというか。うちのダンジョンにモンスターを扇動していたのはヨルマだった。モンスターを復活させられないぐらいに経済的に追い詰め、貴族派閥に借金させる。いつかレナード氏から聞いたようなことを、うちに仕掛けていたらしい。

何故そのような仕事に就いたか、それについても彼は語った。下層階級に生まれながらも、運と実力によって就職最難関のデンジャラス&デラックス工務店に入ったヨルマ。この頃はまだ、普通のハイロウと同じくダンジョンに憧れているだけだったらしい。

しかし上から、正確には組織内で生き残っていくために仕方なく所属した商業派閥から押し付けられたのは裏出張。表沙汰にできない、派閥のための裏工作。そしてその中に、堕落したダンジョンの見回りがあった。

ダンジョン防衛のために使い捨てにされるモンスター。モンスターを増やすために、犠牲になる人間たち。死んでも復活させられるため、終わりの安らぎすら与えられず絶望に心を折る者たち。

ヨルマは嫌と言うほど、それを見ることになった。

「……っていうか。それ、お前が俺に言った話じゃん」

「ええ。アレに乗ってくるダンジョンマスターかどうか、知りたかったので。あそこまできっぱりと断られて、久しぶりに気分が良くなりました」

ははは、と爽やかに笑ってくれる。この野郎。

「あんな話に乗るような奴いるもんか。冗談じゃない」

「いえそれが、結構いるんですよ。商業派閥の副業に乗ってきたり借金の申し込みしてくる初心者」

「うっそだろ!?　あんな怪しさの極致みたいのにどうして乗るんだ!?　あの胸糞悪いことする奴本当にいるの!?」

「……配送センターの方でもそこそこの頻度で伺いますよ。そういうお方」

　イルマさんの言葉に衝撃を隠せない。軽く聞いただけでもひどかったアレを、どうしてやってしまえるんだ？

「生活が困窮しているから。ここが生まれ故郷じゃないから。周囲にヒトがいないから。記憶に穴があるから……等々。そういった事柄を理由に、倫理観を投げ捨てる方は少なからず散見されますね」

「中には元々そういったモラルを持っていないダンジョンマスターも……皆様の住んでいらっしゃった世界は、地域ごとの差が大きいと聞き及んでいますが」

「……そうか」

　我ながら、視野が狭かったか。十人十色というが、人生も色々だ。異世界に連れてこられるという異常事態。命の危険がある生活。激変した環境に対して、モラルを捨てることで対処する者もいるという話か。

　いや、俺自身も人のことは言えない。モンスターをダンジョンに食わせることで、利益を上げるというのはあらためて考えれば残酷な話だ。相手が襲ってくるという状況を免罪符にしている。

「ともあれ、あの時は失礼いたしました」

　深々と頭を下げてくる。……許す許さないは後にして、今はヨルマの話を聞く。

商業派閥に言われるまま、ヨルマは己の安寧のために無法を尽くすダンジョンマスターの相手をした。同族であるはずの人間を資源として消費する、怪物じみた所業。

こんなダンジョンマスターを、これ以上増やしてはいけない。いつしかヨルマはそのように考えるようになったという。

ちょうどその頃、貴族派閥が接触してきた。彼らの目的もまたほかのハイロウと同じく、ダンジョンマスターとの縁を繋ぐことだった。

そこでヨルマは一計を思いつく。商業派閥は、自分たちの利益にするためのマスターを常に探している。そこに食い込んで、見込みのあるマスターを彼らに引き取ってもらおうという案を。

なかなか難しいことだった。まず、見込みのある者自体が少なかった。追い詰められた者は楽な方へ流されてしまう。これは、という者もいたが介入の機会がなかった。そんな中、誘惑に負けずかつヨルマが工作に入れるマスターが現れた。

「それが、俺だったと」

「はい。商業派閥はこのダンジョンをかなり気にしているようでした。開かれて早々に、自分のような工作員を送り込むというのはあまり聞かないことなので。連中が本腰を入れる前に貴族派閥の庇護下に、と」

「……なるほど」

ヨルマの気遣いはさておき、商業派閥については迷惑な話だと思う。こんな目に遭わされた挙句、金儲け(かねもう)けの道具にまでされてたまるか。……ちょっと思うことがあるので、仲間に向かって聞いてみる。話に加わってはいなかったが、彼女たちもこの場に控えていた。何せ、扇動者だったヨルマがダンジョンに逗留してるんだ。見張りぐらいはする。

「この話、どう思う？」

「筋は通っているかと。商業派閥に所属する商人はピンからキリまでいます。所属している者が多数いるため、幅広く。なので、そういった者がいても驚きはありません」

肯定するのはエラノールさん。

「見えないねぇ。危ない橋渡って、命までかけて。あんたに一体どんな利益があったんだい？」

疑うのはミーティア。……そういえばこいつ、戦いが終わった後も居座ってるな。まあ、強いからいてくれる分は助かるけど。

ともあれ、そのように言われたヨルマは弱り切った笑みを浮かべた。

「まあ……自暴自棄が半分、意地が半分ですかね。全力を尽くして入った場所は地獄だった。望みは何一つかなっていない。このまま続けていても、どこかで切り捨てられる。だったらせめて、自分が理想としたもののために……と」

俺は、大きく深呼吸をした。……迷惑をかけられたのは間違いない。仲間たちの命を奪われかねなかった。復活できるからって、なかなか許せるものではない。場合によっては俺の命も危うかった。まあ、ペインズについては事故だったと受け止めているけど。

だが、彼の言葉には理解できる部分がある。共感できる部分がある。底辺から努力を重ねて一流企業に入った。しかし生まれを理由に虐げられ、ひどい仕事に回された。自棄になりながらも、せめてもの反撃として企(たくら)みを行った。

最後はさておき、前半部分などは日本でもよくある話だ。学歴社会は過去のものとなったが、差別する者は消えていない。そういった被害の話も聞こえてくる。

それに、何よりも。

「……彼は謝罪した。肩を並べて戦ってくれもした。であれば、感情の部分では許そうと思う」

「今までのこと、口から出まかせかもしれないよ？」

ミーティアが混ぜっ返してくる。からかいはあるが、悪意はない。

「ヨルマを見ろよ。謝り方が違うだろう？」

「はぁん？」

「ろくでなしはな、『謝ってこの状況から抜け出したい』って顔と態度になるんだよ。ヨルマは違う。『裁かれて終わりたい』って状態だ。騙(だま)そうとするような奴はこんな顔できないよ」

量販店で仕事してた時、店舗で万引き犯が捕まった。そいつはひたすら謝り倒していたが、反省なんてかけらもしてなかった。土下座すらただのポーズだった。それと比べると、ヨルマは明らかに違うのだ。

死を前に懺悔(ざんげ)する罪人にしか見えない。罪も罰も受け入れるといった具合だ。……なんとなく気付いてしまったので、彼女に確認を取ってみる。

「イルマさん。彼ってこれから、かなりまずいよね？」

「はい。このまま帰ったら確実に尻尾切りされます」

「だよね」

工作が外に漏れてしまった。その犯人が警察に突き出されてしまったら、命令した側も危なくなる。

「ちなみに、警察に自首したらどうなるの？」

「帝都警察は厳格な組織です。しかしながら、商業派閥の財力と人材はそれ以上です。ほぼ確実に、不審死するかと」

「やっぱり……」

「どうか、お気になさらず。ただの自業自得ですから」

力なく笑うヨルマに、俺は両手でバツを作って見せる。

「ダメだ。見過ごせない。……というか、初めからこうなるのわかってたよね？　商業派閥を裏切ったら消されるってのを」

彼はあいまいに微笑むだけで答えない。思わずため息が漏れた。

「成功しようが失敗しようが、死ぬのは確実だった。助かるのは俺だけ。そんな相手をね、見捨てられるわけないでしょ。こちとら平和ボケ日本人だぞ」

「甘っちょろいねぇ」

「やかましいよ」

女性陣がみんなにこにこしていらっしゃる。ミーティアはにやにやだけど。

「はい、そーいうわけでヨルマを助ける方法考えるよー。ついでに俺も助かる方法もー。大体見えているけど」

「ミヤマ様、それはどのような？」

侍エルフが小首をかしげる。

「ぶっちゃけると、ヨルマがやろうとしてくれたことに乗るってだけだよ。貴族派閥とやらに繋ぎを作ってもらう。で、ついでにヨルマも助けてもらう。それだけ」

「そんなに上手くいくのかい？」

「ヨルマ、それからイルマさん。なんとかなりそうな相手に心当たりない？」

ふうむ、と胸の前で腕を組む彼女からそっと目をそらす。このクソ大事な話の時に雑念が混じってはいけない。

「そうですねえ。実家に聞いてみれば、それなりに候補も出てくるでしょうが……」

「……私が目を付けていたのは、ブラントーム伯爵家です。千年を超える歴史、武力と財産。それをもってしてもダンジョンに縁のない家。あの規模ならば、商業派閥に屈することもありません」

少しぼんやりとした様子のヨルマが話についてくる。顔には今起きていることが信じられないと書いてある。それでも出してくる情報はしっかりしているのだから、優秀な男である。

「あのお家、継承関係でゴタゴタしてませんでしたっけ？」

「あまり完璧すぎても、こちらが介入する隙がありませんので」

「なるほど……ふむ。じゃあ、そこも踏まえて実家に頼んでみましょう。まるまるなんとかなると思いますよ」

「すみません、よろしくお願いします。ご実家の方につきましても、あらためてお礼をさせていただきますので」

深々と頭を下げる。ようやく、思考が巡り始めたのかヨルマが慌て出す。

「いえそうではなく！　私のことはどうぞお気遣いなく！　帝都警察に突き出すなりここで殺すなりしてくだされればそれで！」

「それができねーって言ってるでしょ。トラウマになるよ。それに、このダンジョンが商業派閥に狙われているのは間違いないんでしょ？　それの対策は必要だ。さらに言うなら、そういう派閥争いとかに専門的に対処できる人材も」

「……それが、自分だと？」

目をしばたたかせる彼に深く頷く。

「もう一つ言えば、ヨルマの力を借りたいことがあるんだ」

ダンジョンカタログを叩いてみせる。ペインズにぶつけて、泥に浸かったというのに変わらず新品同様のそれを。

「俺は、ダンジョンの仲間たちにもっといい生活をさせてやりたい。防衛設備だって整えたい。だが、このカタログの内容について正直全く信用ができない。中にいる奴の知識をぜひ聞きたいんだ。いい加減、あったかい風呂にも入りたい」

思いつきだが、本音でもある。コボルトに工事させるのも限界がある。しょせんは素人だ。今回の防衛だって、設備のパワーがあればもっと楽だったかもしれない。いつまでもこのままでいいはずがないのだ。

「というわけで、迷惑かけたと反省してくれるならその分は働きで返してもらいたい。ついでに商業派閥から完全に抜けて、連中に一泡吹かせるってのはどうだい？」

呆然とそれを聞いていた彼は、項垂れて力なく問うてくる。

「……どうして、私にそこまでしてくださるのですか？　このダンジョンを窮地に陥れた私を」

俺は椅子から降りて、彼と目線を合わせた。やはり、意思を伝えるなら目と目を合わせるのが一番だ。

「害意のある嫌がらせではなかったことが一つ。ヨルマの状況に同情したのが一つ。俺自身の都合が一つ。あとは……」

恥ずかしくなって、目をそらしたくなる。だけど気持ちを振り絞って、そのまま言う。

「カッコつけたいんだ。男ってそういうもんだろ？」

彼はしばらくあっけにとられ、そしてたまらず笑い出した。……なんか、女性陣にも微笑まれてしまい気恥ずかしい。

「あとはまあほら！　こんなに美人がたくさんいるし？　いい格好したいっていうかさあ！　ねえ!?」

「ええ、はい……それは、よくわかりますよ」

笑いをこらえながら、ヨルマが同意してくれる。うん、本当に恥ずかしいからこれぐらいにしておこう。

「で、どうする？　この話に乗ってくれる？」

「……ここまで言っていただいては感謝しかありません。はい、よろしくお願いします。存分に、働かせていただきます」

彼は手を伸ばしてくれた。その手を取った。握手を伝えてくれた人、ありがとう。それを見ていたイルマさん、笑顔であるが釘を刺してくる。

「貴族派閥の力で商業の方を抑え込む。それはよろしいのですけど、その分色々なことが舞い込んでくると思いますが、それは覚悟の上で？」

「持ちつ持たれつが健全な付き合いだと思いますよ」

「わかりました。実家の方に話を通しておきます。ソウマダンジョンにも」

名前が出て、エラノールさんも頷いている。あっちこっち世話になりっぱなしだ。早く立派になって、借りを返さなきゃ。世話と言えば。

「よろしくお願いします。……最初から今まで、イルマさんにはお世話になりっぱなしで。何か返せるものがあればいいんですが」

うーむ。イルマさんもハイロウだしなぁ。やっぱダンジョンにいることが嬉しいって感じなのか？

「今度、センターがお休みの時にウチに来ますか？」

……いや待て。自分で言ってみたがなんだこのセリフ。いやいや、これはあくまでダンジョンに誘っただけだ、俺の家に来るかとかそんなのでは決してないわけで。

「行きます！　絶対！　よろしくお願いします！」

わーい、すごい食いつきー。爆釣ー。目ぇキラッキラしてるよイルマさん。喜んでもらえたようで何よりだ。

……周囲からなんだか、微妙に生温かい視線が投げかけられる。うるさいよ。わかってるよ。

「どうやら、新しい仕事は楽しい場所のようですね」

そう笑うヨルマは、もう怪物には見えなかった。

／＊／

翌日、ハイロウ二人を送り返した後。俺はコアルームにいた。目の前にいるのは、ミーティアだ。

「我、力を求める者なり。我、対価を支払うものなり。我、迷宮の支配者なり」

結局、ミーティアはダンジョンに残ることを希望した。俺としても、有能な仲間は大歓迎だ。一も二もなく了承。契約することに。

「汝、地を這う女怪。汝、血を吸う妖蛇。汝、魔性の麗姫よ」

契約料はコイン二十枚。……配送センターを通さない分、コストが上がるとは聞いていたが。それでも、平均十枚程度だとイルマさんが言っていた。ミーティアは、相当強いラミアらしい。

「我と共に歩め、ラミアのミーティア！」

コインとダンジョンコアが赤い光を放つ。コインの輝きはミーティアを包み、すぐに消えた。契約は問題なく完了したのだ。

「よーし、おしまい。気分はどうだミーティア」

彼女は自分の手を見て、何度か握ったり開いたりを繰り返した。さらに大きく息を吸って吐いて、

「最高よ、ボス！」

何故か、俺に抱き付いてきた。ありがとうビキニアーマー！　センシティブな感じをかろうじてその硬さで守られ……だめだ！　大ボリュームだから守り切れない！　なんという大質量！　ええい、いい香りがするぅ！

「やめ、止めろって！　離れろって！」

「いやーもう、血吸いたくて吸いたくて苦しかったのなんのって！　なまじあんなに飲まされたから余計によ！　でも契約したらそれも止まった！　契約するとマスターに危害加えられなくなるって本当だったのねー」

まじか。まあ、野良モンスターだったからそうもなるか。いや、そういうこと言ってる場合ではない。

「こらーっ！　もろ出し女！　またミヤマ様にご迷惑を！」

エラノールさんが高速でやってくる。まあ、これだけ騒げばさもありなん。

「何言ってるの。これはボスへのお礼とご奉仕よ。ボスも男だしぃ、こういうのも必要でしょ？」

「破廉恥な！　ミヤマ様もなんとかおっしゃってください！」

「俺は離れろって言ってるぞぅ」

自分から離れようにも、蛇体でぐるぐる巻かれてるからどうしようもないのだ。

「ええー？　ボス、女嫌いだったりするの？」

「嫌いではないが、いまだ油断ならん状況でこーいうのやってる余裕ないの。はい、離れる離れる！」

「そういうことだ！　さあ、とぐろを解け！」

エラノールさんが尻尾掴んで頑張っているが、悲しいかな筋力は圧倒的にミーティアの方が上であるらしい。結局彼女が自主的に拘束を解くまで俺は自由になれなかった。

エラノールさんほどではないが、機動力がある。ストーン・ゴーレムほどではないが、腕力がある。攻撃呪文と金縛りの魔眼がある。うん、二十枚は全く惜しくない新戦力だ。

とはいえ、契約したからと言って人間関係が変わるわけではない。水と油な二人は、ぎゃいぎゃいと口喧嘩を続けている。

やれやれ、と思いながら石の椅子に座る。残念ながら毛皮のカバーはまだだ。毛皮の加工というのはすぐに済むものではないらしい。代わりと言ってはなんだが、狼の頭骨が背もたれの上に飾られた。蛮族王ポイント大幅アップである。

俺は、持っていた小箱を開いた。中には、ぎっしりとダンジョンコインが詰まっている。ミーティアに二十枚使ったのに、である。ヨルマの強化オーガとペインズ撃破。あれだけ苦労した甲斐あって、報酬はたんまり手に入った。

一体何に使うべきか。強いモンスターか。ダンジョンの強化か。生活の改善、道具の購入。副収入を得るための投資、という選択肢すらありうる。

暗闇の中で目覚めたあの日と今。変わったものは多い。変わらないものもある。戻らない記憶、

様々な悩み、襲い掛かる敵。困難は多い。

「ダンジョンマスター、楽じゃない」

目の前で、絶えず騒がしい二人。それを聞きつけてやってくるコボルトたち。シルフは楽しそうに踊っている。ゴーレム・サーバントは調理中。ストーンゴーレムは修理中。マッドマンは沼でのんびり。スライム・クリーナーズは清掃中。

「楽じゃあないけど、楽しいよ」

俺は笑いながら、次への一手を思索するのだった。

間章　騒がしくも楽しい夜に

ヨルマとの話し合いの終わった、ミヤマダンジョン。夜も更けていたことから、二人の帰還は翌日ということになった。特にヨルマなどは命を狙われる身であるから、帰るのにも手回しが必要だった。それについてはイルマが実家と帝都に連絡して終わっている。忙しくなるが、明日帰る分には問題ない。

さて、泊まる以上は準備が必要だ。幸いにも二人には準備がある。ヨルマは外で工作をする関係で、着替えなどを準備していた。イルマは日参できる環境にあったが、ヨルマへの監視などと言いながら泊まりの用意をしていた。もちろん、本当の動機はダンジョンへの滞在である。

「お風呂、ありがとうございましたー。いやー、マッドマン風呂とか実家にもありませんよ。帝国初かもしれませんね」

湯上りでご機嫌な公爵令嬢に、健全な男であるミヤマは視線を外さざるを得なかった。彼女の寝間着は長袖長ズボンで、肌をしっかり隠している。だがそうであってもその女性らしいボディラインと湯上りの色気は若い男であるミヤマには毒だった。

「初期ダンジョンで生活に困窮するダンジョンマスターはたくさん見てきましたけど。温かい風呂をこう用意する人はいませんでしたね」

ミヤマが視線を外した先にいるのは、仲間になったばかりの男ヨルマである。彼も風呂上りということで、その格好は楽なものになっている。シャツ一枚に、膝まであるハーフパンツ。美男子である彼のそういった姿は、男であるにもかかわらず色気を感じさせられた。

　ミヤマはそちらからもそっと目をそらす。そして晩酌の蒸留酒をあおった。飲まなければやってられない気分だった。全くの余談であるがミヤマの寝間着姿には色気も何もなく、ただ安っぽさとやぼったさだけがあった。

　程よく焼けるような感覚が胸に落ちていくのを感じながら、ダンジョンマスターは話題を変えることにした。

「……そういえば。あのペインズみたいな怪物、そこらにゴロゴロしているものなんです？」

　思いつくまま口にしたが、確認しておくべきことだった。ダンジョンが死力を尽くさなければ倒せなかった怪物だ。あんなものがたくさんいたらたまったものではない。

　ミヤマの問いかけに、ハイロウ二人はそろって首を横に振った。

「いえいえまさか。苦痛軍（アーミー・オヴ・ペインズ）は、帝国内で発見されたら即抹殺されるはずです。一匹でも残っていたら兵士（ポーン）をどんどん増やすんですから」

　イルマはそう答えながら、用意された椅子に腰を下ろす。三人は焚火台を囲みながら酒杯を手にした。

「正直、あのペインズが森にいたこと自体ありえないことでした。兵士も、巻物（スクロール）一枚でどうにかなる程度の数でしたし。あれが自由にしていたのならば、もっと手のつけようのない災厄になっていても不思議はありませんでした」

ヨルマの強い否定に、ふうむと唸る。……が、悩んでも答えは出なかった。また折を見てエラノールに調査を頼もうと考えた。

「なるほど。アレがまた突っ込んでこないなら安心ですね」

「でも、油断してはいけませんよ？　このダンジョンは始まったばかりなんです。もっと戦力を整えませんと」

イルマの指摘に、ダンジョンマスターははいと答えるしかない。彼女の杯に、ゴーレム・サーバントがワインを注ぐ。

「しかし、あのペインズに取り込まれたオーク。変異していたんでしょうが、あそこまで大きいのは帝都でも見ないレベルでしたね」

威容を思い出して、ヨルマは端正な顔をしかめた。イルマもまたそれに同意し深く頷く。

「そうですね。帝国の兵士や有名な戦士でも見ない体格でした。いっそトロルと言われた方が納得できるくらいでしたね」

二人の言葉に、ミヤマは浮かんだ疑問を口にする。

「……あの。帝国にトロルとかオークとかが住んでいるんですか？　というか、モンスターのオークと住民のオークって何が違うんです？」

ハイロウ二人は顔を見合わせてから、異世界人に噛み砕いて説明を始める。

基本的にであるが。両者共に同じオークであることに変わりはない。違いは、先祖がダンジョンと契約した経験があるかどうかである。

契約し本能が抑制されると、規律や文化を学ぶ余地が生まれる。そうやって文明化されたモンスターは、子にもそれを伝えていく。子供のうちからそう学べば、粗野粗暴な野蛮さはある程度抑制されるのだ。

帝国では、そのようなモンスターたちが住人として多く生活している。

「モンスターたちの中には、金と力を蓄えて貴族に成り上がる者もいるんですよ。我々が接触しようとしているブラントーム伯爵家がまさにそれですね」

ヨルマの説明に納得し、しかし新たな疑問を覚えた。

「……ご先祖がダンジョンと契約したんだよね？　増えすぎて、外に出されたの？」

この言葉に、ハイロウたちは苦い表情を浮かべた。ごまかすように酒をあおり、譲り合った後にイルマが説明しだす。

「ええっとですね。そういう人たちもいます。けど大半は、契約していたダンジョンが潰れてしまったから……というのがよく聞く話でして」

「ダンジョンが潰れる？」

なんとも聞き捨てならない話にミヤマが身を乗り出す。

「理由は、まあ色々と。……防衛に失敗して、は普通の理由。お家騒動によるダンジョン継承失敗とか、横暴に振る舞いすぎて家臣に裏切られたりとか」

「珍しい話だと、悪逆非道なダンジョンマスターがある日コアルームごと地割れに呑み込まれたとかありますすね」

「何それ怖い」

顔を引きつらせつつも、ミヤマは今聞いた話を思い返す。つまるところダンジョンマスターも人。人間関係こじらせて命を取られるということもあるという話だ。暴君になってはいけないという戒めだなと、覚えておく。

「まあ、あれです。帝都のチンピラにはよくいるんですよ。俺の先祖はどこそこのダンジョンで一番と言われた戦士だったんだー、とか嘯く奴。じゃあ証拠見せろよって言うとあっさり黙るか、偽物見せてくるんですけどね」

ヨルマが空気を変えるようにおどけてみせる。

「ああ、わかります。ガーディアンの試験受けに来る人にいっぱいいるんですよそういう人。そーいうのよりは、帝都でも地方でもいいから武術大会で優勝とか何位とかの賞状一つでも持ってきたほうがよっぽど通りがいいのに。その点、エラノールさんは優秀でしたよ。優勝や上位入賞の賞状たくさん持ってきてくれましたから」

「へーーー！」

ガーディアンとなったエルフの優秀ぶりを聞いて、ミヤマは素直に強く感心する。

「イルマ様！　その辺のお話は内密にお願いしておいたはずですが!?」

が、当の本人がクレームを入れる。彼女はマッドマン風呂に入っているため、若干離れたところから声を張り上げていた。

「そーでしたー！　ごめんなさーい！」

「……エルフ、大会、木の剣と槍……んんん？」

「どうしたのヨルマ」

「いえ。噂で似たような話を聞いた覚えが……でもあれは地下街の……」

「地下？　まあ、噂になるほど優秀ってことだな。ヨシ！」

乾杯、とばかりにグラスをあおる。それを見てヨルマも思い返すのを止めた。特別気にすることでもなかったからだ。

「そうですね。優秀な方がガーディアンであるのは、ダンジョンにとっても……」

「ぎゃー!?　私が入ってるんですよ蛇女!?」

「寒いんだよー！　入れておくれよー！」

「まー!?」

マッドマン風呂の方で、騒ぎがする。内容は、きっと声の通りなのだろう。焚火を囲んでいた三人は互いに顔を見合わせ……聞かなかったことにした。それぞれの杯に酒を注ぎ合う。

「そういえば、いまさらですが乾杯とかどうでしょうミヤマ様？」

「あー、はい、いいですね。内容どうしよう……」

「普通に、勝利の祝杯でいいのでは？」

ヨルマの提案に素直に頷き、ダンジョンマスターはグラスを掲げた。

「それではダンジョン防衛を祝しまして、かんぱーい！」

「「かんぱーい！」」

杯が打ち合わされる。しかしその音は本人たちも聞くことができなかった。

「やめ、止めてってば！　あ、衝立、あー！」

「あーあ、暴れるから。やっほー、こっち見るー？」

「ま？」

「サーバントー！　衝立直してあげてー」

今夜のダンジョンは騒がしい。そこを守ることができたが故に。

序章　決戦世界への扉

夏の夕暮れ。湿気に満ちた空気が、昼間の熱を放していない。セミはあちこちで鳴き声を上げ、日が落ちるのはまだ先だと叫んでいる。

『会社、辞めてぇ……』

うんざりとした気分で、深山夏雄は荷物を運んでいた。場所は仕事先である量販店のバックヤード。本来、彼は今日休みだった。世間的には平日だが、サービス業にとって土日こそが労働日。平日に従業員が交代しながら休みを取るのが一般的だった。

しかし彼は働いている。理由は同僚が急遽（きゅうきょ）休みを取ったからだ。理由はある。子供が熱を出したとの連絡が来たのだ。そういうことなら仕方がない。……それが本当ならば。

『あいつ、この間の荷物整理の日も休みやがったからな……店長も問題にしねーし。これだから本社から来た奴は』

口には出さない、だが愚痴が湧き出るのは止められない。夏場の肉体労働、しかもエアコンの利かないバックヤードである。そんな仕事は深山もできれば逃げ出したい。だが彼は高校卒業組。大卒組である店長や休んだ社員とは立場も給料も違う。

流れ出る汗を、首にかけたタオルで拭う。最悪なことに、いつも使う作業着は洗濯してしまった。今日は売り場には出ないので、仕方なく普段部屋着として使っているジャージを作業服代わりにしている。しかし色は黒である。熱を保ってしまって仕方がない。

しかし、上着を脱ぐわけにもいかない。荷物の中には肌を容易に傷つけるものが多数ある。肌をさらしていたら、あっという間に傷だらけだ。これで怪我でもしたら、労災が下りるかどうか怪しい。法律的にはともかく、店長や本社がなんと言ってくるか。

『……異世界、行きたいなぁ』

アニメやライトノベルを愛する深山は、そんな現実逃避で己を慰める。異世界に行って、成功する。超絶チートを神様からもらって、悪党や怪物相手に無双する。巨万の富を得て、美女を侍らせる。

辛い肉体労働に集中するための勤勉さを、今日は持ってこなかった。休日を潰されたのだからこうもなる。しかしそんなささやかな楽しみも、自分自身の思考が消し飛ばしてしまう。

『なんて。実際にはごめんだよな』

真面目に考えれば、現代日本人が異世界に行って果たして適応できるかという問題がある。そもそも、生活環境が変われればそれだけで体調不良になりやすくなるのが人間である。外国、海外ならばその確率はさらに高まる。ましてや異世界、ならない方がおかしい。

文化も違う、政治も違う、常識も違う。そんな世界で社会の一員として過ごせると胸を張って言える人間が一体どれだけいることか。

昨今の日本のフィクションにおいては、チートなどと表現される異能の力がその辺を補っている。他者と隔絶した超常の力という資本があれば、全く違う文明の中でもやっていける。……ただし、それを使うのはあくまで本人。日本の一般人である深山は、己にそれが宿ったとしても上手くやっていける自信などなかった。

『外国で生活すら無理なんだ。異世界とか、夢の中で十分』

そのように現実逃避から戻ってくる。そして暑さと重さ、そして疲労という現実が再び彼を襲う。

『会社、辞めてぇ』

量販店店員というのは、そこそこに過酷な仕事だった。もっと辛い仕事はいくらでもある。下を見ればきりがないのはわかっている。しかし、一生の仕事にしていくにはなかなか厳しかった。

これで給料が上がったり出世できるならまだ頑張れる。しかし前者は上がっても法が求める最低限のみ。後者においては、仕事と責任が増えるだけの立場に上げられるだけだということを先輩を見て学んでいる。

そんな仕事でもまだ続けられているのは、内容自体は嫌いではないということがある。接客し、商品をプレゼンする。それが買われていくのを見るのは単純に嬉しかった。ディスプレイを工夫し、お客様の目を引いているのを確認した時は手ごたえを感じた。いろんな商品に触れるのは新鮮な楽しみがあったし、自分も欲しいと思えるアイテムに出会えるのもよかった。

しかしながら、それと続けていけるかはまた別の話になる。同僚とは上手くいってないし、環境も良いとは言えない。このままでは使い潰されて終わるのではないかという不安は常にある。

深山は現実的な転職プランを考える。やはり、技術を取得しステップアップするのが王道のルートだろうか。頼れる義兄に相談するべきか。そのようなことを思っていた時、深山は妙な寒気を感じた。

「……うん？　なんだこれ？」

あれほど暑かったバックヤードが、ひどく涼しい。いや、冷ややかであるとすら感じる。もしかしたら熱中症ではないかということも頭をよぎったが、水と塩分の補給はしっかりやっていた。ではこの寒さはなんだ。

思わず周囲を見回した彼の後ろ、それは当然のようにそびえ立っていた。巨大な、両開きの鉄扉。城の城門のようなそれが、バックヤードの通路を塞いでいた。

「は？」

目の前のそれを理解できず、ただ疑問で声が漏れる。量販店であるこの店でも、さすがにこんな大きさのドアは売っていない。そもそもバックヤードに入らない。

その扉が、開いていく。誰かが押し引きしているわけではない。動力が付いているようにも見えないのに、扉が開かれる。商品をなぎ倒しながら。

「あ、あああ!?　品物が!?」

『徴兵を、開始する』

「ちょうへい？　誰だ!?」

聞き覚えのない、少年の声。求めても答えは得られず。開かれた扉の向こうは、不気味に闇が広がっていた。そこから、赤い輝きが一直線に伸び深山を捕らえた。

「う、ああ!?」

『捕縛成功。回収開始』

赤い光には、確かな力が込められていた。それによって深山の体は浮き上がり、扉の中に引きずり込まれた。音も立てず、扉が閉まる。瞬く間にそれは消え去り、後には品物が転がったバックヤードのみが残った。

なお。この様子は監視カメラに映っていたが、扉そのものは映像として残っていなかった。ただ商品が倒れていき、深山が忽然(こつぜん)と姿を消した。

その後、警察が入ったが当然のことながら原因不明。深山夏雄は家族から捜索願を出された。

／＊／

機械に、半裸の少年が埋まっている。痩せた、赤毛の少年だ。機械化惑星(エキュメノポリス)の主、グランドコア。彼の眼下には深山が気を失って倒れている。

「スキャンを実行……完了。健康状態に問題なし。これより子機との接続を開始する」

ドローンが、小さな赤い宝石を運んでくる。それを、深山の胸の前にかざす。

「接続開始」

赤い光が、深山の心臓に打ち込まれる。目を見開き、声なき悲鳴を上げる。全身に血管のように赤い光が広がっていく。

「完了。魂及び精神の読み取り……終了。精神的依存度の高い個体の記憶を封印……完了。禁止事項の設定……完了。初期工程終了。続いて強化処置に移る」

赤い光がさらに強まり、深山の全身が痙攣（けいれん）する。グランドコアにより魂と精神が支配されていなかったら、この時点で死亡していることを知るのは処置をしている本人のみである。

「強化、完了。子機をレイラインコントローラーに接続」

小さな宝石が、深山より離される。宝石が向かう先は、二つに分かれた赤い巨石だった。赤い宝石はその中央に配置され、左右から挟まれる。繋ぎ目はすぐに消え去り、ダンジョンコアと呼ばれるものが完成される。

気を失った深山が、石の椅子に座らされる。台座と、小箱と、二冊の本が用意された。

「準備完了。これより転送する。……行け、これよりはお前の番だ」

なんの熱もこもらぬ、寒々とした命令。聞く者もいない。こうしてダンジョンマスターミヤマナツオは生まれ、決戦世界へと送り込まれていった。

あとがき

お初にお目にかかります。鋼我と申します。

ＷＥＢ版を読んでいただいた方もいらっしゃるかと思いますが、書籍という場は初めての事なのでこのようにご挨拶させていただきます。

今回御縁に恵まれまして、小説投稿サイト「小説家になろう」様で発表させていただいていた自作が出版という事になりました。これもひとえに応援してくださった皆様のおかげです。

しかし、我が事ながら驚きです。思い起こせばあれは令和三年四月一日の事。友人たちとチャットをしていたあの晩。話の流れで、『小説書かないとなあ』と私はぼやきました。それはもう癖のようになった発言でした。

私が小説家になりたいと思ったのは中学生の頃。当時の自分は目を逸らしていましたが、勉強や真面目な大人になる事への逃避が目的でした。

しかし、逃避も長く続ければ妙な変化に至るもので。二十歳で小説の専門学校に入り、卒業後はアマチュアで創作活動を続けていました。今の友人達もそれによって繋がったのですから人生分からないものです。

その後、なりたいと思いつつも作品を書かずに年月が過ぎました。その間に友人二人が小説家としてデビューした時には大いに驚きましたとも。じわりとした焦りを抱きつつも、それでも書かずにあの日あの晩まで過ごしていました。

そしてそのぼやきの後、友人がこう言ったのです。

「鋼我さん、いっそ今日からやらないですか」

やらない、とは言えませんでした。ここでそう口にしたら、一生書けないと思ったのです。やる！ と勢い任せに答えて、思い浮かぶイメージをそのまま文章にしたのが今作の冒頭になります。無謀な事でしたが、その結果今に至るのですから勢いは大事です。友人には感謝してもしきれません。

書籍化にあたり、各所を修正いたしました。中には丸々一シーン書き直した所もあります。少しでも良いものになっていたら幸いです。


最後に感謝を。この本を形にするにあたり携わってくださった、編集さんを始め出版社の皆様。素敵なイラストを書いてくださったイシバショウスケ先生。趣味を否定せず支えてくれる家族。いつもアドバイスをくれる友人達。Ｔｗｉｔｔｅｒ等でやり取りをしてくださる小説家の先輩方。掲示板の住人達。そしてＷＥＢ版からの読者様方。

なによりこれを読んでくださるあなたに、ありがとうございますと告げて今回はここで締めさせていただきたく思います。

それではまた。

BKブックス

決戦世界のダンジョンマスター

2023年4月20日　初版第一刷発行

著　者　鋼我（こうが）

イラストレーター　イシバシヨウスケ

発行人　今 晴美

発行所　株式会社ぶんか社
〒102-8405　東京都千代田区一番町29-6
TEL 03-3222-5150（編集部）
TEL 03-3222-5115（出版営業部）
www.bknet.jp

装　丁　AFTERGLOW

編　集　株式会社 パルプライド

印刷所　大日本印刷株式会社

ISBN978-4-8211-4659-8